走近戴望舒

夜莺

戴望舒 著

广陵书社

图书在版编目（CIP）数据

夜莺 / 戴望舒著. -- 扬州 : 广陵书社, 2025. 1.
（走近戴望舒 / 陈武主编）. -- ISBN 978-7-5554-2415
-4

Ⅰ. Ⅰ266

中国国家版本馆CIP数据核字第2024XY2177号

丛 书 名　走近戴望舒

主　　编　陈　武

书　　名　夜莺
著　　者　戴望舒
责任编辑　王　丽　　　　　　助理编辑　郭志慧
出 版 人　刘　栋　　　　　　装帧设计　鸿儒文轩·书心瞬意

出版发行　广陵书社
　　　　　扬州市四望亭路2-4号　　　邮编：225001
　　　　　http://www.yzglpub.com　　　E－mail:yzglss@163.com
印　　刷　三河市华东印刷有限公司

开　　本　787mm×1092mm　　　1/32
字　　数　163千字
印　　张　9.75
版　　次　2025年1月第1版
印　　次　2025年1月第1次印刷
书　　号　ISBN 978-7-5554-2415-4
定　　价　68.00元

目录

附录

夜　莺

在神秘的银月的光辉中，树叶儿啁啾地似在私语，绰绰地似在潜行；这时候的世界，好似一个不能解答的谜语，处处都含着幽奇和神秘的意味。

有一只可爱的夜莺在密荫深处高啭，一时那林中充满了她婉转的歌声。

我们慢慢地走到饶有诗意的树荫下来，悠然听了会鸟声，望了会月色。我们同时说："多美丽的诗境！"于是我们便坐下来说夜莺的故事。

"你听她的歌声是多悲凉！"我的一位朋友先说了，"她是那伟大的太阳的使女：每天在日暮的时候，她看见日儿的残光现着惨红的颜色，一丝丝的向辽远的西方消逝了，悲思便充满了她幽微的心窍，所以她要整夜的悲啼着……"

"这是不对的，"还有位朋友说，"夜莺实是月儿的爱人：你可不听见她的情歌是怎地缠绵？她赞美着月儿，月儿便用清辉将她拥抱着。从她的歌声，你可听不出她灵魂是沉醉着？"

我们正想再听一会夜莺的啼声，想要她启示我们的怀疑，但是她拍着翅儿飞去了，却将神秘作为她的礼物留给我们。

载《璎珞》第一期，一九二六年三月

我的旅伴

——西班牙旅行记之一

从法国入西班牙境，海道除外，通常总取两条道路：一条是经东北的蒲港（Port-Bou），一条是经西北的伊隆（Irún）。从里昂出发，比较是经由蒲港的那条路近一点，可是，因为可以经过法国第四大城鲍尔陀（Bordeaux），可以穿过"平静而美丽"的伐斯各尼亚（Vasconia），可以到蒲尔哥斯（Burgos）去瞻览世界闻名的大伽蓝，可以到伐略道里兹（Valladolid）去寻访赛尔房德思（Cervantes）的故居，可以在"绅士的"阿维拉（Avila）小作勾留，我便舍近而求远，取了从伊隆入西班牙境的那条路程。

一九三四年八月二十二日下午五时，带着简单的行囊，我到了里昂的贝拉式车站。择定了车厢，安放好了行李，坐定了位子之后，开车的时候便很近了。送行的只有友人罗大刚一人，颇有点冷清清的气象，可是久居异乡，随遇而安，离开这一个国土而到那一个国土，也就像迁一家旅舍一样，并不使我起什么怅惘之思，而况在我前面还有一个在我梦想中已变成那样神秘的西班牙在等待着我。因此，旅客们的喧骚声，开车的哨子声，汽笛声，车轮徐徐的转动声，大刚的清爽的 Bon voyage 声，在我听来便好像是一阕快乐的前奏曲了。

火车已开出站了，扬起的帽子，挥动的素巾，都已消隐在远处了。我还是凭着车窗望着，惊讶着自己又在这永远伴着我的旅途上了。车窗外的风景转着圈子，展开去，像是一轴无尽的山水长卷：苍茫的云树，青翠的牧场，起伏的山峦，绵亘的耕地，这些都在我眼前飘忽过去，但并没有引起我的注意。我的心神是在更远的地方。这样地，一个小站，两个小站过去了，而我却还在窗前伫立着，出着神，一直到一个奇怪的声音把我从梦想中拉出来。

一个奇怪的声音在我的车厢中响着，好像是婴孩的啼声，又好像是妇女的哭声。它从我的脚边发出来；接着，又有什么东西踏在我脚上。我惊奇地回头过去：四张微笑着的脸儿。我向我的脚边望去：一只黄色的小狗。于是我离开了窗口，茫然地在座位上坐了下去。

"这使你惊奇吗，先生？"坐在我旁边的一位中年人说，接着便像一个很熟的朋友似的溜溜地对我说起来："我们在河沿上鸟铺前经过，于是这个小东西就使我女人看了中意了。女人的怪癖！你说它可爱吗，这头小狗？我呢，我还是喜欢猫。哦，猫！它只有两个礼拜呢，这小东西。我们还为它买了牛奶。"他向坐在他旁边的妻子看了一眼，"你说，先生，这可不是自讨麻烦吗？——嘟嘟，别那么乱嚷乱跑！——它可弄脏了你的鞋子吗，先生？"

"没有，先生，"我说，"倒是很好玩的呢，这只小狗。"

"可不是吗？我说人人见了它会欢喜的，"我隔座的女人说，"而且人们会觉得不寂寞一点。"

是的，不寂寞。这头小小的生物用它的尖锐的唤声充满了这在辘辘的车轮声中摇荡里的小小的车厢，像利刃一般地刺到我耳中。

这时，这一对夫妇忙着照顾他们新买来的小狗，给它预备牛奶，我们刚才开始的对话，便因而中止了。趁着这个机会，我便去观察一下我的旅伴们。

坐在我旁边的中年人大约有三十五六岁，养着一撮小胡子，胖胖的脸儿发着红光，好像刚喝过了酒，额上有几条皱纹，眼睛却炯炯有光，像一个少年人。灰色条纹的裤子。上衣因为车厢中闷热已脱去了，露出了白色短袖的 Lacoste 式丝衬衫。从他的音调中，可以听出他是马赛人或都隆一带的人。他的言语服饰举止，都显露出他是一个小 rentier，一个十足的法国小资产阶级者。坐在他右手的他的妻子，看上去有三十岁光景。染成金黄色的棕色的头发，栗色的大眼睛，上了黑膏的睫毛，敷着发黄色的胭脂的颊儿，染成红色的指甲，葵黄色的衫子，鳄鱼皮的鞋子。在年轻的时候，她一定曾经美丽过，所以就是现在已经发胖起来，衰老下去，她还没有忘记了她的爱装饰的老习惯。依然还保持着她的往日的是她的腿胫。在栗色的丝袜下，它们描着圆润的轮廓。

坐在我对面的胖子有四十多岁，脸儿很红润，胡须剃得光光的，满面笑容。他在把上衣脱去了，使劲地用一份报纸当扇子挥摇着。在他的脚边，放着一瓶酒，只剩了大半瓶，大约在上车后已喝过了。他头上的搁篮上，又是两瓶酒。我想他之所以能够这样白白胖胖欣然自得，大概就是这种葡萄酒的作用。从他的神气看来，我猜想是开铺子的（后来知道他是做酒生意的）。薄薄的嘴唇证明他是一个好说话的人，可是自从我离开窗口以后，我还没有听到他说过话。大约还没有到时候。恐怕一开口就不会停。

坐在这位胖先生旁边，缩在一隅，好像想避开别人的注意而反引起别人的注意似的，是一个不算难看的二十来岁的女人。穿着黑色的衣衫，老在那儿发呆，好像流过眼泪的有点红肿的眼睛，老是望着一个地方。她也没有带什么行李，大约只作一个短程的旅行，不久就要下车的。

在我把我的同车厢中的人观察了一遍之后，那位有点发胖的太太已经把她的小狗喂过了牛乳，抱在膝上了。

"你瞧它多乖！"她向那现在已不呜呜地叫唤的小狗望了一眼，好像对自己又好像对别人地说。

"呃，这是'新地'种，"坐在我对面的胖先生开始发言了，"你别瞧它现在那么安静，以后它脾气就会坏的，变得很凶。你们将来瞧着吧，在十六七个月之后。呃，你们住在乡下吗？我的意思是说，你们住在巡警之力所不及的僻静的地方吗？"

"为什么？"两夫妇同声说。

"为什么？为什么？为了这是'新地'种，是看家的好狗。难道你们不知道吗？它会很快地长大起来，长得高高的，它的耳朵，也渐渐地会拖得更长，垂下去。它会变得很凶猛。在夜里，你们把它放在门口，你们便可以敞开了大门高枕无忧地睡觉。”

“啊！”那妇人喊了一声，把那只小狗一下放在她丈夫的膝上。

“为什么，太太？”那胖子说，“能够高枕无忧，这还不好吗？而且‘新地’种是很不错的。”

“我不要这个。我们住在城里很热闹的街上，我们用不到一头守夜狗。我所要的是一只好玩的小狗，一只可以在出去散步时随手牵着的小狗，一只会使人感到不大寂寞一点的小狗。”那女人回答，接着就去埋怨她的丈夫了：“你为什么会这样糊涂！我不是已对你说过好多次了吗，我要买一头小狗玩玩？”

“我知道什么呢？”那丈夫像一个牺牲者似的回答，“这都是你自己不好，也不问一问伙计，而且那时离开车的时间又很近了。是你自己指定了买的，我只不过付钱罢了。”接着对那胖先生说，“我根本就不喜欢狗。对于狗这一门，我是完全外行。我还是喜欢猫。关于猫，我还懂得一点，暹罗种，昂高拉种；狗呢，我一点也不在行。有什么办法呢！”他耸了一耸肩，不说下去了。

“啊，太太，我懂了。你所要的是那种小种狗。”那胖先生说，接着他更卖弄出他的关于狗种的渊博的知识来：“可是小种狗也有许多种，Dandie-dinmont, King

　　　　　夜　莺

Charles，Skye-terrier，Pékinois，loulou，Biehon de malt，Japonais，Bouledogue，teerier anglais à poils durs，以及其他等等，说也说不清楚。你所要的是哪一种样子的呢？像用刀切出来的方方正正的那种小狗呢，还是长长的毛一直披到地上又遮住了脸儿的那一种？"

"不是，是那种头很大，脸上起皱，身体很胖的有点儿像小猪的那种。以前我们街上有一家人家就养了这样一只，一副蠢劲儿，怪好玩的。"

"啊啊！那叫Bouledogue，有小种的，也有大种的。我个人不大喜欢它，正就因为它那副蠢劲儿。我个人倒喜欢King Charles或是Japonais。"说到这里，他转过脸来对我说："呃，先生，你是日本人吗？"

"不，"我说，"中国人。"

"啊！"他接下去说，"其实Pékinois也不错，我的妹夫就养着一条。这种狗是出产在你们国里的，是吗？"

我含糊地答应了他一声，怕他再和我说下去，便拿出了小提箱中的高谛艾（Th.Gautier）的《西班牙旅行记》来翻看。可是那位胖先生倒并没有说下去，却拿起了放在脚边的酒瓶倾瓶来喝。同时，在那一对夫妻之间，便你一句我一句地争论起来了。

快九点钟了。我到餐车中去吃饭。在吃得醺醺然地回来的时候，车厢中只剩了胖先生一个人在那儿吃夹肉面包喝葡萄酒。买狗的夫妇和黑衣的少妇都已下车去了。我问胖先生是到哪里去的。他回答我是鲍尔陀。我们于是商量定，关上了车厢的门，放下窗幔，熄了灯，各占一张长椅而卧，免得上车来的人占据了我们的座位，使我们不得安睡。商量既定，我们便都挺直了身子躺在长椅上。不到十几分钟，我便听到胖先生的呼呼的鼾声了。

载《新中华》第四卷第一期，一九三六年一月十日

鲍尔陀一日

——西班牙旅行记之二

清晨五点钟。受着对座客人的"早安"的敬礼，我在辘辘的车声中醒来了。这位胖先生是先我而醒的，一只手拿着酒瓶，另一只手拿着一块饼干，大约已把我做一个奇怪的动物似的注视了好久了。

"鲍尔陀快到了吧？"我问。

"一小时之后就到了。您昨夜睡得好吗？"

"多谢，在火车中睡觉是再舒适也没有了。它摇着你，摇着你，使人们好像在摇篮中似的。"说着我便向车窗口望出去。

风景已改变了。现在已不是起伏的山峦，广阔的牧场，苍翠的树林了，在我眼前展开着的是一望无际的葡萄已经成熟了，我仿佛看见了暗绿色的葡萄叶，攀在支柱上的藤蔓，和发着宝石的光彩的葡萄。

"你瞧见这些葡萄田吗？"那胖先生说，接着，也不管我听与不听，他又像昨天谈狗经似的对我谈起酒经来了，"你要晓得，我们鲍尔陀是法国著名产葡萄酒的地方，说起'鲍尔陀酒'，世界上是没有一处人不知道的。这是我们法国的命脉——也是我的命脉。这也有两个意义：第一，正如你所见到的一样，我是一天也不能离开葡萄酒的；"他喝了一口酒，放下了瓶子接下去说，"第二呢，我是做酒生意的，我在鲍尔陀开着一个小小的酒庄。葡萄酒双倍地维持着我的生活，所以也难怪我对于酒发着颂词了。喝啤酒的人会有一个混浊而阴险的头脑，像德国人一样；喝烧酒（Liqueur）的人会变成一种中酒精毒的疯狂的人；而喝了葡萄酒的人却永远是爽直的、喜乐的、满足的，最大的毛病是多说话而已，但多说话并不是一件缺德的事。……"

"鲍尔陀葡萄酒的种类很多吧？"我趁空羼进去问了一句。

"这真是说也说不清呢。一般说来，是红酒白酒，在稍为在行一点的人却以葡萄的产地来分，如'美道克'（Médoc），'海岸'（Côtcs），'沙滩'（Graves），'沙田'（Palus），'梭代尔纳'（Sauternes）等等。这是大致的分法，但每一种也因酒的品质和制造者的不同而分了许多种类，

'美道克'葡萄酒有'拉斐特堡'（Chateau-Lafite），'拉都堡'，（Chateau-Latour），'莱奥维尔'（Léoville）等类；'海岸'有'圣爱米略奈'（St. Emilionais），'李布尔奈'（Libournais），'弗龙沙代'（Fronsadais）等类；'沙田'葡萄酒和'沙滩'酒品质比较差一点，但也不乏名酒；享受到世界名誉的是'梭代尔纳'的白酒，那里的产酒区如鲍麦（Bommes），巴尔沙克（Barsac），泊莱涅克（Preignac），法尔格（Fargues）等，都出好酒，特别以'伊甘堡'（Chateau-Yquem）为最著名。因为他们对于葡萄酒的品质十分注意，就是采葡萄制酒的时候，至少也分三次采，每次都只采成熟了的葡萄……而且每一个制造者都有着他们世袭的秘法，就是我们也无从知晓。总之，"在说了这一番关于鲍尔陀酒的类别之后，他下着这样的结论，"如果你到了鲍尔陀之后，我第一要奉劝的便是请你去尝一尝鲍尔陀的好酒，这才可以说不枉到过鲍尔陀。……"

"对不起，"一半也是害怕他再滔滔不绝地说下去，我站起身来说，"我得去洗一个脸呢，我们回头谈吧。"

回到车厢中的时候，火车离鲍尔陀已只有十几分钟的路程了。胖先生在车厢外的走廊上笑眯眯地望着车窗外的葡萄田，好像在那些累累的葡萄上看到了他自己的满溢的生命一样。我也不去打搅他，整理好行囊，便依着车窗闲望了。

这时在我的心头起伏着的是一种莫名其妙的不安。这种不安是读了高谛艾的《西班牙旅行记》而引起的，对到鲍尔陀站时，高谛艾这样写着他的印象：

　　下车来的时候，你就受到一大群的伕役的攻击，他们分配着你的行李，合起二十个人来扛一双靴子：这还一点也不算稀奇；最奇怪的是那些由客栈老板埋伏着截拦旅客的牢什子。这一批混蛋逼着嗓子闹得天翻地覆地倾泻出一大串颂词和咒骂来：一个人抓住你的胳膊，另一个人攀住你的腿，这个人拉住你的衣服的后襟，那个人拉住你的大氅的钮子："先生，到囊特旅馆里去吧，那里好极啦！"——"先生不要到那里去，那是一个臭虫的旅馆，臭虫旅馆这才是它的真正的店号。"那对敌的客店的代表急忙这样说。——"罗昂旅馆！""法兰西旅馆！"那一大群人跟在你后面嚷着。——"先生，他们是永远也不洗他们的沙锅的，他们用臭猪油烧菜，他们的房间里漏得像下雨，你会被他们剥削、抢盗、谋杀。"每一个人都设法使你讨厌那些他们对敌的客栈，而这一大批跟班只在你断然踏进了一家旅馆的时候才离开你。那时他们自己之间便口角起来，相互拔出皮鞭头来，你骂我强盗，我骂你贼，以及其他类似的咒骂，接着他们又急急忙忙地追另一个猎物。

到了鲍尔陀的圣约翰站，匆匆地和胖先生告了别之后，我便是在这样的心境中下了火车。我下了火车：没有脚伕来抢拿我的小皮箱；我走出了车站：没有旅馆接客来拽我的衣裾。这才使我安心下来，心里想着现在的鲍尔陀的确比一八四〇年的鲍尔陀文明得多了。

我不想立刻找一个旅馆，所以我便提着轻便的小提囊安步当车顺着大路踱过去。这正是上市的时候，买菜的人挟着大篮子在我面前经过，熙熙攘攘，使我连游目骋怀之心也被打散了。一直走过了闹市之后，我的心才渐渐地宽舒起来。高谛艾说："在鲍尔陀，西班牙的影响便开始显著起来了。差不多全部的市招都是用两种文字写的；在书店里，西班牙文的书至少和法文书一样多。许多人都说着吉诃德爷和古士芝·达尔法拉契的方言……"我开始注意市招：全都是法文的；我望了一望一家书店的橱窗：一本西班牙文的书也没有；我倾听着过路人的谈话：都是道地的法语，只是有点重浊的本地口音而已。

这次，我又太相信高谛艾了。

这样地，我不知不觉走到了鲍尔陀最热闹的克格芝梭大街上。咖啡店也开门了，把藤椅一张张地搬到檐前去。我走进一家咖啡店去，遵照同车胖先生的话叫了一杯白葡萄酒，又叫了一杯咖啡，一客夹肉面包。

也许是车中没有睡好，也许是闲走累了，也许是葡萄酒发生了作用，一片懒惰的波浪软软地飘荡着我，使我感到有睡意了。我想：晚间十二点要动身，而我在鲍尔陀又只打算走马看花地玩一下，那么我何不找一个旅馆去睡几小时，就是玩起来的时候也可以精神抖擞一点。

罗兰路。勃拉丹旅馆。在吩咐侍者在正午以前唤醒我之后，我便很快地睡着了。

侍者在十一点半唤醒了我，在洗盥既毕出门去的时候，天已在微微地下雨了。我冒着微雨到圣昂德莱大伽蓝巡礼去，这是英国人所建筑的，还是中世纪的遗物，藏着乔尔丹（Jordaëns）和维洛奈思（Véronèse）等名画家的画。从这里出来后，我到喜剧院广场的鲍尔陀咖啡饭店去丰盛地进了午餐。在把肚子里装满了鲍尔陀的名酒和佳肴之后，正打算继续去览胜的时候，雨却倾盆似地泻下来。一片南方的雨，急骤而短促。我不得不喝着咖啡等了半小时。

出了饭馆之后，在一整个下午之中我总计走马看花地玩了这许多地方：圣母祠、甘龚斯广场、圣米式尔寺、公园、博物馆。关于这些，我并不想多说什么，《蓝皮指南》以及《倍德凯尔》等导游书的作者，已经有更详细的记载了。

使我引为憾事的是没有到圣米式尔寺的地窖里去看一看。那里保藏着一些成为木乃伊的尸体，据高谛艾说："就是诗人们和画家们的想象，也从来没有产生过比这更可怕的噩梦过。"但博物馆中几幅吕班思（Rubens）、房第克（Van Dyck）、鲍谛契里（Botticelli）的画，黄昏中在清静的公园中的散步，也就补偿了这遗憾了。

依旧丰盛地进了晚餐之后，我在大街上信步闲走了两点多钟，然后坐到咖啡馆中去，听听音乐，读读报纸，看看人。这时，我第一次证明了高谛艾没有对我说谎。他说："使这个城有生气的，是那些娼妓和下流社会的妇人，她们都的确是很漂亮：差不多都生着笔直的鼻子，没有颧骨的颊儿，大大的黑眼睛，爱娇而苍白的鹅蛋形脸儿。"

这样捱到了十一点光景，我回到旅馆里去算了账，便到圣约翰站去乘那在十二点半出发到西班牙边境去的夜车。

载《新中华》第四卷第二期，一九三六年一月

在一个边境的站上

——西班牙旅行记之三

夜间十二点半从鲍尔陀开出的急行列车，在侵晨六点钟到了法兰西和西班牙的边境伊隆。在朦胧的意识中，我感到急骤的速率宽弛下来，终于静止了。有人在用法西两国语言报告着："伊隆，大家下车！"

睁开睡眼向车窗外一看，呈在我眼前的只是一个像法国一切小车站一样的小车站而已。冷清清的月台，两三个似乎还未睡醒的搬运夫，几个态度很舒闲地下车去的旅客。我真不相信我已到了西班牙的边境了，但是一个声音却在更响亮地叫过来：

"伊隆，大家下车！"

匆匆下了车，我第一个感到的就是有点寒冷。是侵晓的冷气呢，是新秋的薄寒呢，还是从比雷奈山间夹着雾吹过来的山风？我翻起了大氅的领，提着行囊就望出口走。

走出这小门就是一间大敞间，里面设着一圈行李检查台和几道低木栅，此外就没有什么别的东西。这是法兰西和西班牙的交界点，走过了这个敞间，那便是西班牙了。我把行李照别的旅客一样地放在行李检查台上，便有一个检查员来翻看了一阵，问我有什么报税的东西，接着在我的提箱上用粉笔画了一个字，便打发我走了。再走上去是护照查验处。那是一个像车站上卖票处一样的小窗洞。电灯下面坐着一个留着胡子的中年人。单看他的炯炯有光的眼睛和他手头的那本厚厚的大册子，你就会感到不安了。我把护照递给了他。他翻开来看了看里昂西班牙领事的签字，把护照上的照片看了一下，向我好奇地看了一眼，问了我一声到西班牙的目的，把我的姓名录到那本大册子中去，在护照上捺了印；接着，和我最初的印象相反地，他露出微笑来，把护照交还了我，依然微笑着对我说："西班牙是一个可爱的地方，到了那里你会不想回去呢。"

真的，西班牙是一个可爱的地方，连这个护照查验员也有他的固有的可爱的风味。

这样地，经过了一重木栅，我踏上了西班牙的土地。

过了这一重木栅，便好像一切都改变了：招纸，揭示牌都用西班牙文写着，那是不用说的，就是刚才在行李检查处和搬运夫用沉浊的法国南部语音开着玩笑的工人型的男子，这时也用清朗的加斯谛略语和一个老妇人交谈起来。天气是显然地起了变化，暗沉沉的天空已澄碧起来，而在云里透出来的太阳，也驱散了刚才的薄寒，而带来了温煦。然而最明显的改变却是在时间上。在下火车的时候，我曾经向站上的时钟望过一眼：六点零一分。检查行李、验护照等事，大概要花去我半小时，那么现在至少是要六点半了吧。并不如此。在西班牙的伊隆站的时钟上，时针明明地标记着五点半，事实是西班牙时间和法兰西的时间因为经纬度的不同而相差一小时，而当时在我的印象中，却觉得西班牙是永远比法兰西年轻一点。

因为是五点半，所以除了搬运夫和洒扫工役已开始活动外，车站上还是冷清清的。卖票处，行李房，兑换处，书报摊，烟店等等都没有开，旅客也疏朗朗地没有几个。这时，除了枯坐在月台的长椅上或在站上往来躞蹀以外，你是没有办法消磨时间的。到蒲尔哥斯的快车要在八点二十分才开。到伊隆镇上去走一圈呢，带着行李究竟不大方便，而且说不定要走多少路。再说，这样大清早就是跑到镇上也是没有什么多大意思的。因此，把行囊散在长椅上，我便在这个边境的车站上踱起来了。

如果你以为这个国境的城市是一个险要的地方，扼守着重兵，活动着国际间谍，压着国家的、军事的大秘密，那么你就错误了。这只是一个消失在比雷奈山边的西班牙的小镇而已。提着筐子，筐子里盛着鸡鸭，或是肩着箱笼，三三两两地来乘第一班火车的，是头上裹着包头布的山村的老妇人，面色黝黑的农民，白了头发的老匠人，像是学徒的孩子。整个西班牙小镇的灵魂都可以在这些小小的人物身上找到。而这个小小的车站，它也何尝不是十足西班牙底呢？灰色的砖石，黯黑的木柱子，已经有点腐蚀了的洋铅遮檐，贴在墙上在风中飘着的斑驳的招纸，停在车站尽头处的铁轨上的破旧的货车：这一切都向你说着西班牙的式微、安命、坚忍。西德（Cid）的西班牙，侗黄（Don Juan）的西班牙，吉诃德（Quixote）的西班牙，大仲马或梅里美心目中的西班牙，现在都已过去了，或者竟可以说本来就没有存在过。

的确，西班牙的存在是多方面的。第一是一切旅行指南和游记中的西班牙，那就是说历史上的和艺术上的西班牙。这个西班牙浓厚地渲染着釉彩，充满了典型人物。在音乐上，绘画上，舞蹈上，文学上，西班牙都在这个面目之下出现于全世界，而做着它的正式代表。一般人对于西班牙的观念，也是由这个代表者而引起的。当人们提起了西班牙的时候，你立刻会想到蒲尔哥斯的大伽蓝，格腊拿达的大食故宫，斗牛，当歌舞（Tango），侗黄式的浪子，吉诃德式的梦想者！塞赖丝谛拿（La Celestina）式的老虔婆，珈尔曼式的吉卜赛女子，扇子，披肩巾，罩在高冠上的遮面纱等等，而勉强西班牙人做了你的想象底受难者；而当你到了西班牙而见不到那些开着悠久的岁月的绣花的陈迹，传说中的人物，以及你心目中的西班牙固有产物的时候，你会感到失望而作"去年白雪今安在"之喟叹。然而你要知道这是最表面的西班牙，它的实际的存在是已经在一片迷茫的烟雾之中，而行将只在书史和艺术作品中赓续它的生命了。西班牙的第二个存在是更卑微一点，更穆静一点。那便是风景的西班牙。的确，在整个欧罗巴洲之中，西班牙是风景最胜最多变化的国家。恬静而笼着雾和阴影的伐斯各尼亚，典雅而充溢着光辉的加斯谛拉，雄警而壮阔的昂达鲁西亚，煦和而明朗的伐朗西亚，会使人"感到心被窃获了"的清澄的喀达鲁涅。在西班牙，我们几乎可以看到欧洲每一个国家的典型。或则草木葱茏，山川明媚；或则大山为崩，峭壁幽深；或则古堡荒寒，困焦幽独；或则千园澄碧，百里花香，……这都是能使你目不暇给，而至于留连忘返的。这是更有实际的生命，具有易解性（除非是村夫俗子）而容易取好于人的西班牙，因为它开拓了你对于自然之美的爱好之心，而使你衷心地生出一种舒徐的、悠长的、寥寂的默想来。然而最真实的，最深沉的，因而最难以受人了解的却是西班牙的第三个存在。这个存在是西班牙的底奥，它蕴藏着整个西班牙，用一种静默的语言向你说着整个西班牙，代表着它的每日的生活，静默至于好像绝灭，可是如果你能够留意观察，用你的小心去理解，那么你就可以把握住这个卑微而静默的存在，特别是在那些小城中。这是一个式微的、悲剧的、现实的存在，没有光荣，没有梦想。现在，你在清晨或是午后走进任何一个小城去吧。你在狭窄的小路上，在深深的平静中徘徊着。阳光从静静的闭着门的阳台上坠下来，落着一个砌着碎石的小方场。什么也不来搅扰这寂静；街坊上的叫卖声在远处寂灭了。寺院的钟声已消沉下去了，你穿过小方场，经过一个作坊，一切任何作坊，铁匠底、木匠底或羊毛匠底。你伫立一会儿，看着他们带着那一种的热心，坚忍和爱操作着，你来到一所大屋子前面：半开着的门已朽腐了，门环上满是铁锈，涂着石灰的白墙已经斑驳或生满黑霉了，从门间，你望见了被野草和草苔所侵占了的院子。你当然不推门进去，但是在这墙后面，在这门里面，你会感到有苦痛、沉哀或不遂的愿望静静地躺着。你再走上去，街路上依然是沉静的，一个喷泉淙淙地响着，三两只鸽子振羽作声。一个老妇扶着一个女孩佝偻着走过。寺院的钟迟迟地响起来了，又迟迟地消歇了。……这就是最深沉的西班牙，它过着一个寒伧、静默、坚忍而安命的生活，但是它却具有怎样的使人充塞了深深的爱的魅力啊。而这个小小的车站呢，它可不是也将这奥秘的西班牙呈显给我们看了吗？

当我在车站上来往蹀躞着的时候，我心中这样地思想着。在不知不觉之中，车站中已渐渐地有生气起来了。卖票处，兑换处，烟摊，报摊，都已陆续地开了门，从镇上来的旅客们，也开始用他们的嘈杂的语音充满了这个小小的车站了。

我从我的沉思中走了出来，去换了些西班牙钱，到卖票处去买了里程车票，出来买了一份昨天的《太阳报》（*El Sol*），一包烟，然后回到安放着我的手提箱的长椅上去。

长椅上已有人坐着了，一个老妇和几个孩子。一个，两个，三个，四个……一共是四个孩子。而且最大的一个十一二岁的孩子，已经在开始一张一张地撕去那贴在我提箱上的各地旅馆的贴纸了。我移开箱子坐了下来。这时候，有两个在我看来很别致的人物出现了。

那是邮差，军人，和京戏上所见的文官这三种人物的混合体。他们穿着绿色的制服，佩着剑，头面上却戴着像乌纱帽一般的黑色漆布做的帽子。这制服的色彩和灰暗而笼罩着阴阴的尼斯各尼亚的土地以及这个寒伧的小车站显着一种异样的不调和，那是不用说的；而就是在一身之上，在这制服，佩剑，和帽子之间，也表现着绝端的不一致。"这是西班牙固有的驳杂底一部分吧。"我这样想。

七点钟了。开到了一列火车，然而这是到桑当德尔（Santander）去的。火车开了，车站一时又清冷起来。要等到八点二十分呢。

我静穆地望着铁轨，目光随着那在初阳之下闪着光的两条铁路的线伸展过去，一直到了迷茫的天际；在那里，我的神思便飘举起来了。

载《新中华》第四卷第五期，一九三六年三月

西班牙的铁路

——西班牙旅行记之四

田野底青色小径上
铁的生客就要经过，
一只铁腕行将收尽
晨曦所播下的禾黍。

　　这是俄罗斯现代大诗人叶赛宁的诗句。当看见了俄罗斯的恬静的乡村一天天地被铁路所侵略，并被这个"铁的生客"所带来的近代文明所摧毁的时候，这位憧憬着古旧的、青色的俄罗斯，歌咏着猫、鸡、马、牛，以及整个梦境一般美丽的自然界的，俄罗斯的"最后的田园诗人"，便不禁发出这绝望的哀歌来，而终于和他的古旧的俄罗斯同归于尽。

　　和那吹着冰雪的风，飘着忧郁的云的俄罗斯比起来，西班牙的土地是更饶于诗情一点。在那里，一切都邀人入梦，催人怀古：一溪一石，一树一花，山头碉堡，风际牛羊……当你静静地观察着的时候，你的神思便会飞越到一个更迢遥更幽古的地方去，而感到自己走到了一种恍惚一般的状态之中去，走到了那些古诗人的诗境中去。

这种恍惚，这种清丽的或雄伟的诗境，是和近代文明绝缘的。让魏特曼或凡尔哈仑去歌颂机械和近代生活吧，我们呢，我们宁可让自己沉浸在往昔的梦里。你要看一看在"铁的生客"未来到以前的西班牙吗？在《大食故宫余载》（一八三二）中，华盛顿·欧文这样地记着他从塞维拉到格腊拿达途中的风景的一个片段：

> ……见旧堡，遂徘徊于堡中久之。……堡踞小山，山趺瓜低拉河萦绕如带，河身非广，渐渐作声，绕堡而逝。山花覆水，红鲜欲滴。绿阴中间出石榴佛手之树，夜莺嘤鸣其间，柔婉动听。去堡不远，有小桥跨河而渡；激流触石，直犯水礁。礁房环以黄石，那当日堡人用以屑面者。渔滕巨网，晒堵黄石之墉；小舟横陈，即隐绿阴之下。村妇衣红衣过桥，倒影入水作绛色，渡过

绿漪而没。等流连景光，恨不能画……（据林纾译文）

这是幽蒨的风光，使人流连忘返的；而在乔治·鲍罗的《圣经在西班牙》（一八四三）中，我们又可以看到加斯谛尔平原的雄警壮阔的姿态：

这天酷热异常，于是我们便缓缓地在旧加斯谛尔的平原上取道前进。说起西班牙，旷阔和宏壮是总要联想起的：它的山岳是雄伟的，而它的平原也雄伟不少逊；它舒展出去，块坻无垠，但却也并不坦坦荡荡，满目荒芜，像俄罗斯的草原那样。崎岖垅埌的土地触目皆是：这里是寒泉所冲泻成的深涧和幽壑；那里是一个嶙峋而荒蛮的培塿，而在它的顶上，显出了一个寂寥的孤村。欢欣快乐的成分很少，而忧郁的成分却很多。我们偶然可以看见有几个孤独的农夫，在田野间操作——那是没有分界的田野，不知橡树、榆树或槐树为何物；只有悒郁而悲凉的松树，在那里炫耀着它的金字塔一般的形式，而绿草也是找不到的。这些地域中的旅人是谁呢？大部分是驴夫，

以及他们的一长列一长列系着单调地响着的铃子
的驴子。……

在这样的背景上，你想吧，近代文明会呈显着怎样
的丑陋和不调和，而"铁的生客"的出现，又会怎样地
破坏了那古旧的山川天地之间相互的默契和熟稔，怎样
地破坏了人和自然界之间的融和的氛围气！那爱着古旧
的西班牙，带着一种深深的怅惘数说着它的一切往昔的
事物的阿索林，在他的那本百读不厌的小书《加斯谛拉》
中，把西班牙的历史缩成了三幅动人的画图——十六世
纪的、十九世纪的和现代的——，现在，我们展开这最
后一幅画图来吧：

　　……那边，在地平线的尽头，那些映现在澄
澈的天宇上的山岗，好像已经被一把刀所砍断了。
一道深深的挺直的罅隙穿过了它们；从这罅隙
间，在地上，两条又长又光亮的平行的铁条穿了
出来，节节地越过了整个原野。立刻，在那些山
岗的断处，显现出了一个小黑点：它动着，急骤
地前进，一边在天上遗留下一长条的烟。它已来
到平原上了。现在，我们看见一个奇特的铁车和

它的喷出一道浓烟来的烟突，而在它的后面，我们看见了一列开着小窗的黑色的箱子，从那些小窗间，我们可以辨出许多男子的和妇女的脸儿来，每天早晨，这个铁车和它的那些黑色的箱子在远方现出来；它散播着一道道的烟，发着尖锐的啸声，急骤得使人目眩地奔跑着而进城市的一个近郊去……

铁路是在哪一种姿态之下在那古旧的西班牙出现，我们已可以在这幅画图中清楚地看到了。

的确，看见机关车的浓烟染黑了他们的光辉的和朦朦的风景，喧嚣的车声打破了他们的恬静，单调的铁轨毁坏了他们的山川的柔和或刚强的线条，西班牙人是怀着深深的遗憾的。西班牙的一切，从崚嶒的比雷奈山起一直到那伽尔陀思（Galedós）所谓"逐出外国的侵犯"的那种发着辛烈的臭味的煎油为止，都是抵抗着那现代文明的闯入的。所以，那"铁的生客"的出现，比在欧美各国都要迟一点，西班牙最早的几条铁路，从巴塞洛拿（Barcelona）到马达罗（Mataró）那条是在一八四八年建立的，从马德里到阿朗胡爱斯（Aranjuez）的那条更迟四年，是在一八五一年才筑成。而在建筑铁路之前，又是经过多少的困难和周折啊。

在一八三〇年，西班牙人已知道什么是铁路了。马尔赛里诺·加莱罗（Marcelino Calero）在一八三〇年出版了他的那本在英国印刷的，建筑一个从边境的海雷斯到圣玛丽港的铁路的计划书。在这本计划书后面，还附着一张地图和一幅插绘，是出自"拉蒙·赛沙·德·龚谛手笔"的。插绘上画着一列火车，喷着黑烟，驰行在海滨，而在海上，却航行着一只有着又高又细的烟筒的汽船。这插绘是有点幼稚的，然而它却至少带了一些火车的概念来给当时的西班牙人。加莱罗的这个计划没有实现，那是当然的事，然而在那些喜欢新的事物的人们间，火车便常被提到了。

七年之后，在一八三七年，季崖尔莫·罗佩（Guillermo Lobè）作了一次旅行，从古巴到美国，从美国又到欧洲。而在一八三九年，他在纽约出版了他的那部《在美国，法国和英国的旅行中给我的孩子们的书翰》。罗佩曾在美国和欧洲研究铁路，而在他的信上，铁路是常常讲到的。他希望西班牙全国都布满了铁路，然而他的愿望也没有很快地实现。以后，文人学士的关于铁路的记载渐渐地多起来了。在一八四一年美索奈罗·洛马诺思（Mesonero Romanos）发表了他的《法比旅行回忆记》；次年，莫代思多·拉福安德（Modesto Lauyente）发表了他的《修士海龙第奥的旅行记》第二卷。这两部游记中对于铁路都有详细的叙述，而尤以后者为更精密而有系统。这两位游记的作者都一致地公认火车旅行的诗意（这是我们所难以领略的）。美索奈罗在他的记游文中描写着铁路的诗意底各方面，在白昼的或在黑夜的。而拉福安德也沉醉于车行中所见的光景。他写着，"这是一幅绝世的惊人的画图；而在暗黑的深夜中看起来，那便千倍地格外有趣味，格外有诗意。"

然而，就在这一八四二年的三月十四日，当元老院开会议论开筑一条从邦泊洛拿经巴斯当谷通到法兰西去的普通官路的时候，那元老议员却说："我的意见是，我们永远无论如何也不应该弄平了比雷奈山；反之，我们应该在原来的比雷奈山上，再加上一重比雷奈山。"多少的西班牙人会同意于这个意见啊！

在一八四四年，西班牙著名的数学家玛里阿诺·伐烈何（Mriano Vallejo）出版了一本题名为《铁路的新建筑》的书。这位数学家是一位折中主义者。他愿望旅行运输的便利，但他也好像不大愿意机关车的黑烟污了西班牙的青天，不大愿意它的尖锐的汽笛声冲破了西班牙的原野的平静。我们的这位伐烈何主张仍旧用牲口去牵车子，只不过那车子是在铁轨上滑行着罢了。可是，这个计划也还是没有被采用。

从一八四五年起，西班牙筑铁路的计划渐次地具体化了。报纸上继续地论着铁路的利益，资本家踊跃地想投资，而一批一批的铁路专家技师，又被从国外聘请来。一八四五年五月三十日，马德里的《传声报》记载着阿维拉、莱洪、马德里铁路企业公司的主持者之一华尔麦思来（Sir J. Walmsley）抵京进行开筑铁路的消息；六月二十二日，马德里的《日报》上载着五位英国技师经过伐拉道里兹，测量从比尔鲍到马德里的铁路路线的消息；七月三日，《传声报》又公布了筑造法兰西西班牙铁路的计划，并说一个英国工程师的委员会，也已制成了路线的草案并把关于筑路的一切都筹划好了；而在九月十八日的《日报》上，我们又可以看到工程师勃鲁麦尔（Brumell）和西班牙北方皇家铁路公司的一行技师的到来。以后，这一类的消息还是不绝如缕，然而这些计划的实现却还需要许多岁月，还要经过十年，十五年，二十年。一八四八年巴塞洛拿和马达罗之间的铁路，一八五一年马德里和阿朗胡爱斯之间的铁路，只能算是一种好奇心的满足而已。

从这些看来，我们可以见到这"铁的生客"在西班牙是遇到了多么冷漠的款待，多么顽强的抵抗。那些生野的西班牙人宁可让自己深闭在他们的家园里（真的，西班牙是一个大园林），亲切地，沉默地看着那些熟稔的花开出来又凋谢，看着那些祖先所抚摩过的遗物渐渐地涂上了岁月底色泽；而对于一切不速之客，他们都怀着一种隐隐的憎恨。

现在，在我面前的这条从法兰西西班牙的边境到马德里去的铁路，是什么时候完成的呢？这个文献我一时找不到。我所知道的是，一直到一八六〇年为止，这条路线还没有完工。一八五九年，阿尔都罗·马尔高阿尔都（Arturo Marcoartú）在他替《一八六〇闰年"伊倍里亚"政治文艺年鉴》所写的那篇关于铁路的文章中，这样地告诉我们：在一八五九年终，北方铁路公司已有六五〇基罗米突的铁路正在筑造中；没有动工的尚有七十三基罗米突。

在我前面，两条平行的铁轨在清晨的太阳下闪着光，一直延伸出去，然后在天涯消隐了。现在，西班牙已不再拒绝这"铁的生客"了。它翻过了西班牙的重重的山峦，驰过了它的广阔的平原，跨过它的潺潺的溪涧，湛湛的江河，披拂着它的晓雾暮霭，掠过它的松树的针，白杨的叶，橙树的花，喷着浓厚的黑烟，发着刺耳的汽笛声，隆隆的车轮声，每日地，在整个西班牙骤急地驰骋着了。沉在梦想中的西班牙人，你们感到有点轻微的怅惘吗，你们感到有点轻微的惋惜吗？

　　而我，一个东方古国的梦想者，我就要跟着这"铁的生客"，怀着进香者一般虔诚的心，到这梦想的国土中来巡礼了。生野的西班牙人，生野的西班牙土地，不要对我有什么顾虑吧。我只不过来谦卑地，小心地，静默地分一点你们的太阳，你们的梦，你们的怅惘和你们的惋惜而已。

　　载《新中华》第四卷第六期，一九三六年三月二十五日

记诗人许拜维艾尔

　　二十年前还是默默无闻的许拜维艾尔，现在已渐渐地超过了他的显赫一时的同代人，升到巴尔拿斯的最高峰上了。和高克多（Cocteau），约可伯（Jacob），达达主义者们，超现实主义者们等相反，他的上升是舒徐的，不喧哗的，无中止的，少波折的。他继续地升上去，像一只飞到青空中去的云雀一样，像一只云雀一样地，他渐渐地使大地和太空都应响着他的声音。

　　现代的诗人多少是诗的理论家，而他们的诗呢，符合这些理论的例子。爱略特（T.S.Eliot）如是，耶芝（W.B.Yeats）如是，马里奈谛（Marinetti）如是，玛牙可夫斯基（Mayakovsky）如是，瓦雷里（Va'léry）亦未尝不如是。他们并不把诗作为他们最后的目的，却自己制就了樊笼，而把自己幽囚起来。许拜维艾尔是那能摆脱这种苦痛的劳役的少数人之一，他不倡理论，不树派别，却用那南美洲大草原的青色所赋予他，大西洋海底珊瑚所赋予他，喧嚣的"沉默"，微语的星和驯熟的夜所赋予他的辽远，沉着而熟稔的音调，向生者，死者，大地，宇宙，生物，无生物吟哦。如果我们相信诗人是天生的话，那么他就是其中之一。

一九三五年，当春天还没有抛开了它的风，寒冷和雨的大氅的时候，我又回到了古旧的巴黎。一个机缘呈到了我面前，使我能在踏上归途之前和这位给了我许多新的欢乐的诗人把晤了一次（我得感谢那位把自己一生献给上帝以及诗的 Abbé Duperray）。

诗人是住在处于巴黎的边缘的拉纳大街（Boulevard Lannes）上，在蒲洛涅林（Bois de Boulogne）附近。在一个阴暗的傍晚，我到了那里。在那清静而少人迹的街道上彳亍着找寻诗人之家的时候，我想起了他的诗句：

> 有着岁月前来闻嗅的你的石建筑物，
> 拉纳大街，你在天的中央干什么？
> 你是那么地远离开巴黎的太阳和它的月亮，
> 竟至街灯不知道它应该灭呢还应该明，
> 竟至那送牛乳的女子自问，
> 那是否真是屋子，凸出着真正的露台，
> 那在她手指边叮当响着的，是牛乳瓶呢还是

世界。

　　找到了拉纳大街四十七号的时候，天已开始微雨了，我走到一所大厦的门边，我按铃。铃声清晰地在空敞的门轩中响了好一些时候。一个男子慢慢地走了出来。

　　"诗人许拜维艾尔先生住在这里吗？"我问。

　　"在二楼，要我领你去吗？"

　　"不必，我自己上去就是了。"

　　我在一扇门前站住。第二次，铃声又响了。这次，来给我开门的是一个女仆，她用惊讶的眼睛望着我，好像这诗人之居的恬静，是很少有异国的访客来搅扰的。

　　"许拜维艾尔在家吗？"我问。

　　"在家。您有名片吗？"

　　她接了我的名片，关了门，领我到一间客厅里，然后去通报诗人。

　　我在一张大圈椅上坐下来，开始对于这已经是诗人的一部分的客厅，投了短促的一瞥。古旧的家具，先人的肖像，紫檀的镂花中国屏风，厚厚的地毯：这些都是一个普通的法国人家所应有尽有的，然而一想到这些都是兴感诗人，走进他的生活中去，而做着他的诗的卑微然而重要的元行的时候，这些便都披上了一层异样的光泽了。但是那女仆出来了，她对我说她的主人很愿意见我，虽然他在患牙痛。接着，在开门的声音中，许拜维艾尔已经在门框间现身出来了。

这是一位高大的人，瘦瘦的身体，长长的脸儿，宽阔的前额，和眼睛很接近的浓眉毛，从鼻子的两翼出发下垂到嘴角边的深深的皱槽。虽则已到了五十以上的年龄，但是我们的诗人还显得很年轻，特别是他的那双奕奕有光的眼睛。有许多人是不大感到年岁的重负的，诗人也就是这一类人之一，虽然他不得不在心头时时重整精力，去用他的鲜血给"时间的群马"解渴。

"欢迎你！"这是诗人的第一声，"我们昨天刚听到念你的诗，想不到今天就看到了你。"

当我开始对他说我对于他的景仰，向他道歉我打搅他等等的时候，"不要说这些，"他说，"请到我书房里去坐吧，那里人们感到更不生疏一点。"于是他便开大了门，让我走到隔壁他的书房里去。

任何都不能使许拜维艾尔惊奇，我的访问也不。他和一切东西默契着：和星，和树，和海，和石，和海底的鱼，和墓里的死者。就在相遇的一瞬间，许拜维艾尔已和我成为很熟稔的了，好像我们曾在什么地方相识过一样，好像有什么东西曾把我们系在一起过一样。

我在一张沙发上坐下来，舒适地，像在我自己家中一样。而他，在横身在一张长榻上之后，便用他的好像是记忆中的声音开始说话了：

　　"是的，我昨晚才听到念你的诗。它们带来了一个新的愉快给我，我向你忏白，我不能有像你的《答客问》那样澄明静止的心。我闭在我的世界中，我不能忘情于它的一切。"

　　的确，这"无罪的囚徒"并不是一位出世主义者，虽然他竭力摆脱自己，摆脱自己的心。他所需要的是一个更广大深厚得多的世界，包涵日，月，星辰，太空的无空间限制的世界，混合过去、现在与未来的无时间限制的世界；在那里，没有死者和生者的区别，一切东西都是有生命有灵魂的生物。

　　"我相信能够了解你，"我说，"如果你能够恕我的僭越的话，我可以向你提起你的那首《一头灰色的中国牛》吗？遥远地处于东西两个极端的生物，是有着它们不同的性格，那是当然的，正如乌拉圭的牛沉醉于 Pampa 的太阳和青空，而中国的牛彳亍于青青的稻田中一样，但是却有一种就是心灵也难以把握得住的东西，使它们默契，把它们联在一起，这东西，我想就是'诗'。"

　　"这倒是真的，"诗人微笑着说，眼睛发着光，"我们

夜　莺

总好像觉得自己是孤独地生活着，被关在一个窄狭到有时几乎不能喘息的范围里，因而我们便不得不常常想到这湫隘的囚牢以外的世界，以及这世界以外的宇宙……"诗人似乎在沉思了；接着，他突然说："想不到你对于我的诗那么熟悉。你觉得它怎样，这首《一头灰色的中国牛》？这是我比较满意的诗中的一首。"

"它启发了我对于你的认识，并使我去更清楚地了解你。"

因为说到中国，许拜维艾尔便和我谈起中国来了。他说他曾经历过许多国土，不过他至今引以为遗憾的，便是他尚未到过中国。他说他的友人昂利·米书（Henry Michaux）曾到过中国，写过一本关于中国的书，对他盛称中国之美，说那自认为最文明的欧洲人，在亚洲只是一个野蛮人而已。我没有读过米书的作品，所以也没有和许拜维艾尔多说下去。可是他却兴奋了起来，好像立时要补偿他的憾恨似地，向我询问起旅行中国的问题来，如旅程要多少日子，旅费大概要多少，入境要经过什么手续，生活程度如何，语言的隔膜如何打破等等。而在从我这里得到一个相当的解决之后，他下着这样的结论：

"我总得到中国去一次。"于是他好像又沉思起来了。

我趁空把这书室打量了一下。那是一间长方形的房间，书架上排列着诗人所爱读的书，书案是在近窗的地方，而在案头，我看见一本新出的 *Mesures*。窗扉都关闭了，不能望见窗外的远景，而在电灯光下，壁上的名画便格外烘托出来了；在这里面，我辨出了马谛思（Matisse），塞公沙克（D. de Segonzac），比加索（Picasso）等法国当代画伯的作品。我们是在房间的后部，在那里，散放着几张沙发，一两张小几和一张长榻，而我们的诗人便倚在这靠壁的长榻上；榻旁的小几上放着几张白纸，大概是记录诗人的灵感的。

诗人站了起来，在房里走了几步，于是：

"你最爱哪几位法国诗人？"他这样问我。

"这很难说，"我回答，"或许是韩波（Rimbaud）和罗特亥阿蒙（Lautréamont）；在当代人之间呢，我从前喜欢过耶麦（Jammes），福尔（Paul Fort），高克多（Cocteau），雷佛尔第（Reverdy），现在呢，我已把我的偏好移到你和爱吕阿尔（Eluard）身上了。你瞧，这样的驳杂！"

听我数说完了这些名字的时候，许拜维艾尔认真地说：

"这也很自然的。除了少数一二人以外，我的趣味也差不多和你相同的。福尔先生是我尤其感激的，我最初的诗集还是他给我写的序文呢。而罗特亥阿蒙！想不到罗特亥阿蒙也是你所爱好的诗人！那么拉福尔格（Laforguo）呢？"

我们要晓得，拉福尔格和罗特亥阿蒙都是颇有影响于许拜维艾尔的，像他们一样，他是出生于乌拉圭国的蒙德维艾陀（Monteviedo）的，像他们一样，他的祖先是比雷奈山乡人，像他们一样，他是法国诗人。在《引力集》中，我们可以看到下面的诗句：

> 不论在什么地方我都掘着地，希望你会从地
> 下出来，
> 我用肘子推开房屋和森林，去看你在不在
> 后面，
> 我会整夜地大开着门窗等着你，
> 面前放着两杯酒，而不愿去沾一沾口。
> 但是，罗特亥阿蒙，
> 你却不来。

"拉福尔格吗？"我说，"可惜我没有多读他的作品，还在我记忆中保存着的，只《来临的冬天》（L' hiver qui vient）等数首而已。"接着，我便对他说起他新近出版的

诗集《不相识的朋友们》（ *Les Amis Inconnus* ）：

"我最近读了你的诗集《不相识的朋友们》。"

"是吗？你已经买了吗？我应该送你一册的，可惜我现在手头只剩一本了。你读了吗，你的感想怎样？"

我没有直接回答他，却向他念了一节《不相识的朋友们》中的诗句：

> 我将来的弟兄们，你们有一天会说，
>
> 一位诗人取了我们日常的言语，
>
> 用一种无限地更悲哀而稍不残忍一点的
>
> 新的悲哀去，驱逐他的悲哀……

在他的瘦长的脸上，又浮上了一片微笑，一片会心的微笑，一边出神地凝视着我。沉默降了下来。

在沉默中，我听到了六下钟声。我来了已有一个多钟头了，我应该走了。我站了起来：

"对不起，我忘记了你牙痛了，我不该再搅扰你，我应该走了。"

"啊！连我自己也忘了牙痛，我还忘了我已约定牙医的时间了，我们都觉得互相有许多话要说。你住在巴黎吗？我们可以约一个时间再谈，你什么时候有空吗？"

"我明天就要离开巴黎，"我说，"而且不久就要离开法国了。"

"是吗？"他惊愕地说，"那么我们这次最初的见面也许就是最后一次了。"

"我希望我能够再到法国来，或你能够实现你的中国旅行。"

"希望如此吧。不错，我不能这样就让你走的，请你等一等。"他说着就走到后面的房间中去。一会儿，他带了一本书出来：

"这是我的第三本诗集《码头》（Débarcadères），现在已经绝版，在市上找不到的了，请你收了做个纪念吧！"接着他便取出笔来，在题页上写了这几个字：给诗人戴望舒作为我们初次把晤的纪念。茹勒·许拜维艾尔谨赠。

当我一边称谢一边向他告别的时候，他说：

"等一等，我们一道出去吧。我得去找牙医。我们还可以在路上谈一会儿。"

他进去了，我隐隐听见他和家人谈话的声音，接着他便带了大氅雨伞出来，因为外面在下雨。向这诗人的书斋投射了最后一眼，我便走出了。诗人给我开了门，让我走在前面，他在后面跟着。

"你没有带伞吗？"在楼梯上他对我说，"天在下雨。不要紧，你乘地道车回去吗？我也乘地道车，我可以送你到那里。你不会淋湿的。"

到了大门口，他把伞张开了。天在下着密密的细雨，而且斜风吹着。于是，在这斜风细雨中，在淋湿的铺道上，在他的伞下面，我们开始彳亍着了。

"你近来有新作吗？"我问。

"我在写一部戏曲，写成了大约交给茹佛（Louis Jouvet）去演。说起，你看过我的《林中美人》（*La Belle au Bois*）吗？"

"那简直可以说是一首绝好的诗。而比多艾夫夫妇（Ludmilla et Georges Pitoëff）的演技，那真是一个奇迹！可惜我没有机会再看一遍了。"

我想起了他的诗作的西班牙文选译集：

"我在西班牙的时候读到你的诗的西班牙译本。如果没有读过你的诗的话，人们一定会当你做一个当代西班牙大诗人呢。的确，在有些地方，你是和西班牙现代诗人有着共同之点的，是吗？"

"约翰·加梭（Jean Cassou）也这样说过。这也是可能的事，有许多关系把我和西班牙连联在一起。那些西班牙现代的新诗人们，加尔西亚·洛尔迦（Garcia

Lorca），阿尔倍谛（Alberti），沙里纳思（Salinas），季兰（Guillen），阿尔陀拉季雷（Alto'aguirre），都是我的很好的朋友。说起，你也常读这些西班牙诗人的诗吗？"

"我所爱的西班牙现代诗人是洛尔迦和沙里纳思。"

我们转了一个弯，经过了一个小方场，夹着雨的风打到我们的脸上来。许拜维艾尔把伞放低了一些。

"我很想选你一些诗译成中国文，"沉默了一些时候之后我对他说，"你可以告诉我你自己爱好的是哪几首吗？"

"唔，让我想想看。"他接着就沉浸在思索中了。

地道车站到了。当我们默不作声地走下地道去的时候，许拜维艾尔对我说：

"你身边有纸吗？"

我从衣袋里取出一张纸给他。他接了纸，取出自来水笔。于是，靠着一个冷清清的报摊，他便把他自己所选的几首诗的诗题写了给我。而当我向他称谢的时候：

"总之，你自己看吧。"他说。

我们走进站去，车立刻就到了。上了拥挤的地道车后，我们都好像被一种窒息的空气以外的东西所封锁住喉咙。我们都缄默着。

Étoile 站快到了，我不得不换车回我的居所去。我向诗人握手告别。

　　"希望我们能够再见吧！"许拜维艾尔紧紧地握着我的手说。

　　我匆匆地下了车，茫然在月台上站立着。

　　车隆隆地响着，又开了，载着那还在向我招手的诗人许拜维艾尔，穿到暗黑的隧道中去。

　　　　　　　载《新诗》第一卷第一期，一九三六年十月

巴黎的书摊

在滞留巴黎的时候，在羁旅之情中可以算做我的赏心乐事的有两件：一是看画，二是访书。在索居无聊的下午或傍晚，我总是出去，把我迟迟的时间消磨在各画廊中和河沿上的。关于前者，我想在另一篇短文中说及，这里，我只想来谈一谈访书的情趣。

其实，说是"访书"，还不如说在河沿上走走或在街头巷尾的各旧书铺进出而已。我没有要觅什么奇书孤本的蓄心，再说，现在已不是在两个铜元一本的木匣里翻出一本 *Pâtissier francois* 的时候了。我之所以这样做，无非为了自己的癖好，就是摩挲观赏一回空手而返，私心也是很满足的，况且薄暮的赛纳河又是这样地窈窕多姿！

我寄寓的地方是 Rue de L'Echaudé，走到赛纳河边的书摊，只须沿着赛纳路步行约摸三分钟就到了。但是我不大抄这近路，这样走的时候，赛纳路上的那些画廊总会把我的脚步牵住的，再说，我有一个从头看到尾的癖，我宁可兜远路顺着约可伯路，大学路一直走到巴克路，然后从巴克路走到王桥头。

赛纳河左岸的书摊，便是从那里开始的，从那里到加路赛尔桥，可以算是书摊的第一个地带，虽然位置在巴黎的贵族的第七区，却一点也找不出冠盖的气味来。在这一地带的书摊，大约可以分这几类：第一是卖廉价的新书的，大都是各书店出清的底货，价钱的确公道，只是要你会还价，例如旧书铺里要卖到五六百法郎的勒纳尔（J.Renard）的《日记》，在那里你只须花二百法郎光景就可以买到，而且是崭新的。我的加梭所译的赛尔房德思的《模范小说》，整批的《欧罗巴杂志丛书》，便都是从那儿买来的。这一类书在别处也有，只是没有这一带集中吧。其次是卖英文书的，这大概和附近的外交部或奥莱昂车站多少有点关系吧。可是这些英文书的买主却并不多，所以花两三个法郎从那些冷清清的摊子里把一本初版本的《万牲园里的一个人》带回寓所去，这种机会，也是常有的。第三是卖地道的古版书的，十七世纪的白羊皮面书，十八世纪饰花的皮脊书等等，都小心地盛在玻璃的书框里，上了锁，不能任意地翻看，其他价值较次的古书，则杂乱地在木匣中堆积着，对着这一大堆你挨我挤着的古老的东西，真不知道如何下手。

这种书摊前比较热闹一点，买书大多数是中年人或老人。这些书摊上的书，如果书摊主是知道值钱的，你便会被他敲了去，如果他不识货，你便占了便宜来。我曾经从那一带的一位很精明的书摊老板手里，花了五个法郎买到一本一七六五年初版本的 Du Laurens 的 *Imirce*，至今犹有得意之色：第一因为 *Imirce* 是一部干禁书，其次这价钱实在太便宜也。第四类是卖淫书的，这种书摊在这一带上只有一两个，而所谓淫书者，实际也仅仅是表面的，骨子里并没有什么了不得，大都是现代人的东西，写来骗骗人的。记得靠近王桥的第一家书摊就是这一类的，老板娘是一个四五十岁的虔婆，当我有一回逗留了一下的时候，她就把我当做好主顾而怂恿我买，使我留下极坏的印象，以后就敬而远之了。其实那些地道的"珍秘"的书，如果你不愿出大价钱，还是要费力气角角落落去寻的，我曾在一家犹太人开的破货店里一大堆废书中，翻到过一本原文的 Cleland 的 *Fonny Hill*，只出了一个法郎买回来，真是意想不到的事。

从加路赛尔桥到新桥，可以算是书摊的第二个地带。在这一带，对面的美术学校和钱币局的影响是显著的。在这里，书摊老板是兼卖版画图片的，有时小小的书摊上挂得满目琳琅，原张的蚀雕，从书本上拆下的插图，戏院的招贴，花卉鸟兽人物的彩图，地图，风景片，大大小小各色俱全，反而把书列居次位了。在这些书摊上，我们是难得碰到什么值得一翻的书的，书都破旧不堪，满是灰尘，而且有一大部分是无用的教科书，展览会和画商拍卖的目录。此外，在这一带我们还可以发现两个专卖旧钱币纹章等而不卖书的摊子，夹在书摊中间，作一个很特别的点缀。这些卖画卖钱币的摊子，我总是望望然而去之的，（记得有一天一位法国朋友拉着我在这些钱币摊子前逗留了长久，他看得津津有味，我却委实十分难受，以后到河沿上走，总不愿和别人一道了。）然而在这一带却也有一两个很好的书摊子。一个摊子是一个老年人摆的，并不是他的书特别比别人丰富，却是他为人特别和气，和他交易，成功的回数居多。我有一本高克多（Cocteau）亲笔签字赠给诗人费尔囊·提华尔（Fernand Divoire）的 *Le Grand Ecart*，便是从他那儿以极廉的价钱买来的，而我在加里马尔书店买的高克多亲笔签名赠给诗人法尔格（Fargue）的初版本 *Opéra*，却使我花了七十法郎。但是我相信这是他错给我的，因为书是用蜡纸包封着，他没有拆开来看一看；看见了那献辞的时候，他也许不会这样便宜卖给我。另一个摊子是一个青年人摆的，书的选择颇精，大都是现代作品的初版和善本，所以常常得到我的光顾。我只知道这青年人的名字叫昂德莱，因为他的同行们这样称呼他，人很圆滑，自言和各书店很熟，可以弄得到价廉物美的后门货，如果顾客指定要什么书，他都可以设法。可是我请他弄一部《纪德全集》，他始终没有给我办到。

可以划在第三地带的是从新桥经过圣米式尔场到小桥这一段。这一段是赛纳河左岸书摊中的最繁荣的一段。在这一带，书摊比较都整齐一点，而且方面也多一点，太太们家里没事想到这里来找几本小说消闲，也有；学生们贪便宜想到这里来买教科书参考书，也有；文艺爱好者到这里来寻几本新出版的书，也有；学者们要研究书，藏书家要善本书，猎奇者要珍秘书，都可以在这一带获得满意而回。在这一带，书价是要比他处高一些，然而总比到旧书铺里去买便宜。健吾兄觅了长久才在圣米式尔大场的一家旧书店中觅到了一部《龚果尔日记》，花了六百法郎喜欣欣的捧了回去，以为便宜万分，可是在不久之后我就在这一带的一个书摊上发现了同样的一部，而装订却考究得多，索价就只要二百五十法郎，使他悔之不及。可是这种事是可遇而不可求的，跑跑旧书摊的人第一不要抱什么一定的目的，第二要有闲暇有耐心，翻得有劲儿便多翻翻，翻倦了便看看街头熙来攘往

巴黎的书摊

的行人，看看旁边赛纳河静静的逝水，否则跑得腿酸汗流，眼花神倦，还是一场没结果回去。话又说远了，还是来说这一带的书摊吧。我说这一带的书较别带为贵，也不是胡说的，例如整套的 *Echanges* 杂志，在第一地带中买只须十五个法郎，这里却一定要二十个，少一个不卖；当时新出版原价是二十四法郎的 Céline 的 *Voyage au bout de la nuit*，在那里买也非十八法郎不可，竟只等于原价的七五折。这些情形有时会令人生气，可是为了要读，也不得不买回去。价格最高的是靠近圣米式尔场的那两个专卖教科书参考书的摊子。学生们为了要用，也不得不硬了头皮去买，总比买新书便宜点。我从来没有做过这些摊子的主顾，反之他们倒做过我的主顾。因为我用不着的参考书，在穷极无聊的时候总是拿去卖给他们的。这里，我要说一句公平话：他们所给的价钱的确比季倍尔书店高一点。这一带专卖近代善本书的摊子只有一个，在过了圣米式尔场不远快到小桥的地方。摊主是一个不大开口的中年人，价钱也不算顶贵，只是他一开口你就莫想还价，就是答应你还也是相差有限的，所以看着他陈列着的《泊鲁思特全集》，插图的《天方夜谭》全译本，Chirico 插图的阿保里奈尔的 *Calligrammes*，也只好眼红而已。在这一带，诗集似乎比别处多一些，名家的诗集花四五个法郎就可以买一册回去，至于较新一点的诗人的集子，你只要到一法郎或甚至五十生丁的木匣里去找就是了。我的那本仅印百册的 Jean Gris 插图的 Reverdy 的《沉睡的古琴集》，超现实主义诗人 Gui Rosey 的《三十年战争集》等等，便都是从这些廉价的木匣子里翻出来的。还有，我忘记说了，这一带还有一两个专卖乐谱的书铺，只是对于此道我是门外汉，从来没有去领教过罢。

从小桥到须里桥那一段，可以算是河沿书摊的第四地带，也就是最后的地带。从这里起，书摊便渐渐地趋于冷落了。在近小桥的一带，你还可以找到一点你所需要的东西，例如有一个摊子就有大批 N.R.F. 和 Grasset 出版的书，可是那位老板娘讨价却实在太狠，定价十五法郎的书总要讨你十二三个法郎，而且又往往要自以为在行，凡是她心目中的现代大作家，如摩里阿克，摩洛阿，爱眉（Aymé）等，就要敲你一笔竹杠，一点也不肯让价；反之，像拉尔波，茹昂陀，拉第该，阿朗等优秀作家的作品，她倒肯廉价卖给你。从小桥一带再走过去，便每况愈下了。起先是虽然没有什么好书，但总还能维持河沿书摊的尊严的摊子，以后呢，卖破旧不堪的通俗小说杂志的也有了，卖陈旧的教科书和一无用处的废纸的也有了，快到须里桥那一带，竟连卖破铜烂铁，旧摆设，假古董的也有了；而那些摊子的主人呢，他们的样子和那在下面赛纳河岸上喝劣酒，钓鱼或睡午觉的街头巡阅使（Clochard），简直就没有什么大两样。到了这个时候，巴黎左岸书摊的气运已经尽了，你的腿也走乏了，你的眼睛也看倦了，如果你袋中尚有余钱，你便可以到圣日尔曼大街口的小咖啡店里去坐一会儿，喝一杯儿热热的浓浓的咖啡，然后把你沿路的收获打开来，预先摩挲一遍，否则如果你已倾了囊，那么你就走上须里桥去，倚着桥栏，俯看那满载着古愁并饱和着圣母祠的钟声的，赛纳河的悠悠的流水，然后在华灯初上之中，闲步缓缓归去，倒也是一个经济而又有诗情的办法。

说到这里，我所说的都是赛纳河左岸的书摊，至于右岸的呢，虽则有从新桥到沙德莱场，从沙德莱场到市政厅附近这两段，可是因为传统的关系，因为所处的地位的关系，也因为货色的关系，它们都没有左岸的重要。只在走完了左岸的书摊尚有余兴的时候或从卢佛尔（Louvre）出来的时候，我才顺便去走走，虽然间有所获，如查拉的 *L' homme approximatif* 或卢梭（Henri Rousseau）的画集，但这是极其偶然的事；通常，我不是空手而归，便是被那街上的鱼虫花鸟店所吸引了过去。所以，原意去"访书"而结果买了一头红颈雀回来，也是有过的事。

载《宇宙风》四十五期，一九三七年七月十六日

都德的一个故居

　　凡是读过阿尔封思·都德（Alphonse Daudet）的那些使人心醉的短篇小说和《小物件》的人，大概总记得他记叙儿时在里昂的生活的那几页吧。（按：《小物件》原名 *Le Petit Chose*，觉得还是译作《小东西》妥当。）

　　都德的家乡本来是尼麦，因为他父亲做生意失败了，才举家迁移到里昂去。他们之所以选了里昂，无疑因为它是法国第二大名城，对于重兴家业是很有希望的。所以，在一八四九年，那父亲万桑·都德（Vincent Daudet）便带着他的一家子，那就是说他的妻子，他的三个儿子，他的女儿阿娜，和那就是没有工钱也愿意跟着老东家的忠心的女仆阿奴，从尼麦搭船顺着罗纳河来到了里昂。这段路竟走了三天。在《小物件》中，我们可以看见他们到里昂时的情景。

　　在第三天傍晚，我以为我们要淋一阵雨了。

天突然阴暗起来，一片浓浓的雾在河上飘舞着。在船头上，已点起了一盏大灯，真的：看到这些兆头，我着急起来了……在这个时候，有人在我旁边说："里昂到了！"同时，那个大钟敲了起来。这就是里昂。

里昂是多雾出名的，一年四季晴朗的日子少，阴霾的日子多，尤其是入冬以后，差不多就终日在黑沉沉的冷雾里度生活，一开窗雾就望屋子里扑，一出门雾就朝鼻子里钻，使人好像要窒息似的。在《小物件》里，我们可以看到都德这样说：

> 我记得那罩着一层烟煤的天，从两条河上升起来的一片永恒的雾。天并不下雨，它下着雾，而在一种软软的氛围气中，墙壁淌着眼泪，地上出着水，楼梯的扶手摸上去发黏。居民的神色，态度，语言，都觉得空气潮湿的意味。

一到了这个雾城之后，都德一家就住到拉封路去。这是一条狭小的路，离罗纳河不远，就在市政厅西面。我曾经花了不少的时间去找，问别人也不知道，说出是都德的故居也摇头。谁知竟是一条阴暗的陋巷，还是自己瞎撞撞到的。

那是一排很俗气的屋子，因为街道狭的原故，里面暗是不用说，路是石块铺的，高低不平，加之里昂那种天气，晴天也像下雨，一步一滑，走起来很吃劲。找到了那个门口，以为会柳暗花明又一村，却仍然是那股俗气：一扇死板板的门，虚掩着，窗子上倒加了铁栅，黝黑的墙壁淌着泪水，像都德所说的一样，伸出手去摸门，居然是发黏的。这就是都德的一个故居！而他们竟在这里住了三年。

这就是《小物件》里所说的"偷油婆婆"（Babarotte）的屋子。所谓"偷油婆婆"者，是一种跟蟑螂类似的虫，大概出现在厨房里，而在这所屋里它们四处地爬。我们看都德怎样说吧：

在拉封路的那所屋子里，当那女仆阿奴安顿到她的厨房里的时候，一跨进门槛就发了一声急喊："偷油婆婆！偷油婆！"我们赶过去。怎样的一种光景啊！厨房里满是那些坏虫子。在碗橱上，墙上，抽屉里，在壁炉架上，在食橱上，什么地方都有！我们不存心地踏死它们。噗！阿奴已经弄死了许多只了，可是她越是弄死它们，它们越是来。它们从洗碟盆的洞里来。我们把洞塞住了，可是第二天早上，它们又从别一个地方来了……

而现在这个"偷油婆婆"的屋子就在我面前了。

在这"偷油婆婆"的屋子里，都德一家六口，再加上一个女仆阿奴，从一八四九年一直住到一八五一年。在一八五一年的户口调查表上，我们看到都德的家况：

> 万桑·都德，业布匹印花，四十三岁；阿黛琳·雷诺，都德妻，四十四岁；曷奈思特·都德，学生，十四岁；阿尔封思·都德，学生，十一岁；阿娜·都德，幼女，三岁；昂利·都德，学生，十九岁。

昂利是要做教士的，他不久就到阿里克斯的神学校读书去了。他是早年就夭折了的。在《小物件》中，你们大概总还记得写这神学校生徒的死的那动人的一章吧："他死了，替他祷告吧。"

在那张户口调查表上，在都德家属以外，还有这那么怕"偷油婆婆"的女仆阿奴："阿奈特·特兰盖，女仆，三十三岁。"

万桑·都德便在拉封路上又重理起他的旧业来，可是生活却很困难，不得不节衣缩食，用尽方法减省。阿尔封思被送到圣别尔代戴罗的唱歌学校去，葛奈思特在里昂中学里读书，不久阿尔封思也进了这个学校。后来阿尔封思得到了奖学金，读得毕业，而那做哥哥的葛奈思特，却不得不因为家境困难的关系，辍学去帮助父亲挣那一份家。关于这些，《小物件》中自然没有，可是在葛奈思特·都德的一本回忆记《我的弟弟和我》中，却记载得很详细。

现在，我是来到这消磨了那《磨坊文札》的作者一部分的童年的所谓"偷油婆婆"的屋子前面了。门是虚掩着。我轻轻地叩了两下，没有人答应。我退后一步，抬起头来，向靠街的楼窗望上去：窗闭着，我看见静静的窗帷，白色的和淡青色的。而在大门上面和二层楼的窗下，我又看到了一块石头的牌子，它告诉我这位那么优秀的作家曾在这儿住过，像我所知道的一样。我又走上前面叩门，这一次是重一点了，但还是没有人答应。我伫立着，等待什么人出来。

我听到里面有轻微的脚步声慢慢地近来，一直到我的面前。虚掩着的门开了，但只是一半；从那里，探出了一个老妇人的皱瘪的脸儿来，先把我从头到脚打量了一番：

"先生，你找谁？"她然后这样问。

我告诉她我并不找什么人，却是想来参观一下一位小说家的旧居。那位小说家就是阿尔封思·都德，在八十多年前，曾在这里的四层楼上住过。

"什么，你来看一位在八十多年前住在这儿的人！"她怀疑地望着我。

"我的意思是说想看看这位小说家住过的地方。譬如说你老人家从前住在一个什么城里，现在经过这个城，去看看你从前住过的地方怎样了。我呢，我读过这位小说家的书，知道他在这里住过，顺便来看看，就是这个意思。"

"你说哪一个小说家？"

"阿尔封思·都德。"我说。

"不知道。你说他从前住在这里的四层楼上？"

"正是，我可以去看看吗？"

"这办不到，先生，"她断然地说，"那里有人住着，是盖奈先生。再说你也看不到什么，那是很普通的几间屋子。"

正当我要开口的时候，她又打量了我一眼，说：

"对不起，先生，再见。"就缩进头去，把门关上了。

我踌躇了一会儿，又摸了一下发黏的门，望了一眼门顶上的石牌，想着里昂人的纪念这位大小说家只有这一片顽石，不觉有点怅惘，打算走了。

可是在这时候，天突然阴暗起来，我急速向南靠罗纳河那面走出这条路去：天并不下雨，它又在那里下雾了，而在罗纳河上，我看见一片浓浓的雾飘舞着，像在一八四九年那幼小的阿尔封思·都德初到里昂的时候一样。

载《宇宙风》第六十二期，一九三八年三月

记马德里的书市

无匹的散文家阿索林，曾经在一篇短文中，将法国的书店和西班牙的书店，作了一个比较。他说：

在法兰西，差不多一切书店都可以自由地进去，行人可以披览书籍而并不引起书贾的不安；书贾很明白，书籍的爱好者不必常常要购买，而他的走进书店去，也并不目的是为了买书；可是，在翻阅之下，偶然有一部书引起了他的兴趣，他就买了它去。在西班牙呢，那些书店都像神圣的圣体龛子那样严封密闭着的，而一个陌生人走进书店里去，摩挲书籍，翻阅一会儿，然后又从来路而去这等的事，那简直是荒诞不经，闻所未闻的。

阿索林对于他本国书店的批评，未免过分严格一点。

巴黎的书店也尽有严封密闭着，像右岸大街的一些书店那样，而马德里的书店之可以进出无人过问翻看随你的，却也不在少数。如果阿索林先生愿意，我是很可以举出这两地的书店的名称来作证的。

公正地说，法国的书贾对于顾客的心理研究得更深切一点。他们知道，常常来翻翻看看的人，临了总会买一两本回去的；如果这次不买，那么也许是因为他对于那本书的作者还陌生，也许他觉得那版本不够好，也许他身边没有带够钱，也许他根本只是到书店来消磨一刻空闲的时间。而对于这些人，最好的办法是不理不睬，由他去翻看一个饱。如果殷勤招待，问长问短，那就反而招致他们的麻烦，因而以后就不敢常常来了。

的确，我们走进一家书店去，并不像那些学期开始时抄好书单的学生一样，先有了成见要买什么书的。我们看看某个或某个作家是不是有新书出版；我们看看那已在报上刊出广告来的某一本书，内容是否和书评符合；我们把某一部书的版本，和我们已有的同一部书的版本作一比较；或仅仅是我们约了一位朋友在三点钟会面，而现在只是两点半。走进一家书店去，在我们就像别的人踏进一家咖啡店一样，其目的并不在喝一杯苦水也。因此我们最怕主人的殷勤。第一，他分散了你的注意力，使你不得不想出话去应付他；其次，他会使你警悟到一种歉意，觉得这样非买一部书不可。这样，你全部的闲情逸致就给他们一扫而尽了。你感到受人注意着，监视着，感到担着一重义务，负着一笔必须偿付的债了。

西班牙的书店之所以受阿索林的责备，其原因就是他们不明顾客的心理。他们大都是过分殷勤讨好。他们的态度是没有恶意的，然而对于顾客所发生的效果，却适得其反。记得一九三四年在马德里的时候，一天闲着没事，到最大的"爱斯巴沙加尔贝书店"去浏览，一进门就受到殷勤的店员招待，陪着走来走去，问长问短，介绍这部，推荐那部，不但不给一点空闲，连自由也没有了。自然不好意思不买，结果选购了一本廉价的奥尔德加伊加赛德的小书，满身不舒服地辞了出来。自此以后，就不敢再踏进门槛去了。

在"文艺复兴书店"也遇到类似的情形，可是那次却是硬着头皮一本也不买走出来的。而在马德里我买书最多的地方，却反而是对于主顾并不殷勤招待的圣倍拿陀大街的"迦尔西亚书店"，王子街的"倍尔特朗书店"，特别是"书市"。

"书市"是在农工商部对面的小路沿墙一带。从太阳门出发，经过加雷达思街，沿着阿多恰街走过去，走到南火车站附近，在左面，我们碰到了那农工商部，而在这黑黝黝的建筑的对面小路口，我们就看到了几个黑墨写着的字：La Feria de los Libros，那意思就是"书市"。在往时，据说这传统的书市是在农工商部对面的那一条宽阔的林荫道上的，而我在马德里的时候，它却的确移到小路上去了。

这传统的书市是在每年的九月下旬开始，十月底结束的。在这些秋高气爽的日子，到书市中去漫走一下，寻寻，翻翻，看看那些古旧的书，褪了色的版画，各色各样的印刷品，大概也可以算是人生的一乐吧。书市的规模并不大，一列木板盖搭的，肮脏，零乱的小屋，一共有十来间。其中也有一两家兼卖古董的，但到底卖书的还是占着极大的多数。而使人更感到可喜的，便是我们可以随便翻看那些书而不必负起任何购买的义务。

新出版的诗文集和小说，是和羊皮或小牛皮封面的古本杂放在一起。当你看见圣女戴蕾沙的《居室》和共产主义诗人阿尔倍谛的诗集对立着，古代法典《七部》和《马德里卖淫业调查》并排着的时候，你一定会失笑吧。然而那迷人之处，却正存在于这种杂乱和漫不经心之处。把书籍分门别类，排列得整整齐齐，固然能叫人一目了然，但是这种安排却会使人望而却步，因为这样就使人不敢随便抽看，怕捣乱了人家固有的秩序；如果本来就是这样乱七八糟的，我们就百无禁忌了。再说，旧书店的妙处就在其杂乱，杂乱而后见繁复，繁复然后生趣味。如果你能够从这一大堆的混乱之中发现一部正是你踏破铁鞋无觅处的书来，那是怎样大的喜悦啊！

　　书价低廉是那里的最大的长处。书店要卖七个以至十个贝色达的新书，那里出两三个贝色达就可以携归了。寒斋的阿耶拉全集，阿索林，乌拿莫诺，巴罗哈，瓦利英克朗，米罗等现代作家的小说和散文集，洛尔迦，阿尔倍谛，季兰，沙里纳思等当代诗人的诗集，珍贵的小杂志，都是从那里陆续购得的。我现在也还记得那第三间小木舍的被人叫做华尼多大叔的须眉皆白的店主。我记得他，因为他的书籍的丰富，他的态度的和易，特别是因为那个坐在书城中，把青春的新鲜和故纸的古老成着奇特的对比的，张着青色忧悒的大眼睛望着远方的云树的，他的美丽的孙女儿。

　　我在马德里的大部分闲暇时间，甚至在革命发生，街头枪声四起，铁骑纵横的时候，也都是在那书市的故纸堆里消磨了的。在傍晚，听着南火车站的汽笛声，踏着疲倦的步子，臂间挟着厚厚的已绝版的赛哈道的《赛尔房德思辞典》或是薄薄的阿尔陀拉季雷的签字本诗集，慢慢地沿着灯光已明的阿多恰大街，越过熙来攘往的太阳门广场，慢慢地踱回寓所去对灯披览，这种乐趣恐怕是很少有人能够领略的吧。

然而十月在不知不觉之中快流尽了。树叶子开始凋零，夹衣在风中也感到微寒了。马德里的残秋是忧郁的，有几天简直不想闲逛了。公寓生活是有趣的，和同寓的大学生聊聊天，和舞姬调调情，就很快地过了几天。接着，有一天你打叠起精神，再踱到书市去，想看看有什么合意的书，或仅仅看看那青色的忧悒的大眼睛。可是，出乎意外地，那些小木屋都已紧闭着门了。小路显得更宽敞一点，更清冷一点，南火车站的汽笛声显得更频繁而清晰一点。而在路上，凋零的残叶夹杂着纸片书页，给冷冷的风寂寞地吹了过来，又寂寞地吹了过去。

载《文艺春秋》第三卷第五期，一九四六年十一月

山居杂缀

山　风

窗外，隔着夜的朦胧，迷茫的山岚大概已把整个峰峦笼罩住了吧。冷冷的风从山上吹下来，带着潮湿，带着太阳的气味，或是带着几点从山涧中飞溅出来的水，来叩我的玻璃窗了。

敬礼啊，山风！我敞开窗门欢迎你，我敞开衣襟欢迎你。

抚过云的边缘，抚过崖边的小花，抚过有野兽躺过的岩石，抚过缄默的泥土，抚过歌唱的泉流，你现在来轻轻地抚我了。说啊，山风，你是否从我胸头感到了云的飘忽，花的寂寥，岩石的坚实，泥土的沉郁，泉流的活泼？你会不会说：这是一个奇异的生物！

雨

雨停止了，檐溜还是叮叮地响着，给梦拍着柔和的拍子，好像在江南的一只乌篷船中一样。"春水碧如天，画船听雨眠"，韦庄的词句又浮到脑中来了。奇迹也许突然发生了吧，也许我已被魔法移到苕溪或是西湖的小船中了吧……

然而突然，香港的倾盆大雨又降下来了。

树

路上的列树已斩伐尽了，疏疏朗朗地残留着可怜的树根。路显得宽阔了一点，短了一点，天和人的距离似乎更接近了。太阳直射到头顶上，雨直淋到身上……是的，我们需要阳光，但是我们也需要阴荫啊！早晨鸟雀的啁啾声没有了，傍晚舒徐的散步没有了。空虚的路，寂寞的路！

离门前不远的地方，本来有一棵合欢树，去年秋天，我也还采过那长长的荚果给我的女儿玩的。它曾经娉婷地站立在那里，高高地张开它的青翠的华盖一般的叶子，寄托了我们的梦想，又给我们以清阴。而现在，我们却只能在虚空之中，在浮着云片的碧空的背景上，徒然地描画它的青翠之姿了。像现在这样的夏天的早晨，它的鲜绿的叶子和火红照眼的花，会给我们怎样的一种清新之感啊！它的浓荫之中藏着雏鸟小小的啼声，会给我们怎样的一种喜悦啊！想想吧，它的消失对于我们是怎样地可悲啊！

抱着幼小的孩子，我又走到那棵合欢树的树根边来了。锯痕已由淡黄变成黝黑了，然而年轮却还是清清楚楚的，并没有给苔藓或是芝菌侵蚀去。我无聊地数着这一圈圈的年轮，四十二圈！正是我的年龄。它和我度过了同样的岁月，这可怜的合欢树！

树啊，谁更不幸一点，是你呢，还是我？

失去的园子

跋涉的挂虑使我失去了眼界的辽阔和余暇的寄托。我的意思是说，自从我怕走漫漫的长途而移居到这中区的最高一条街以来，我便不再能天天望见大海，不再拥有一个小圃了。屋子后面是高楼，前面是更高的山；门临街路，一点隙地也没有。从此，我便对山面壁而居，而最使我怅惘的，特别是旧居中的那一片小小的园子，那一片由我亲手拓荒，耕耘，施肥，播种，灌溉，收获过的贫瘠的土地。那园子临着海，四周是苍翠的松树，每当耕倦了，抛下锄头，坐到松树下面去，迎着从远处渔帆上吹来的风，望着辽阔的海，就已经使人心醉了。何况它又按着季节，给我们以意外丰富的收获呢？

可是搬到这里以后，一切都改变了。载在火车上和书籍一同搬来的耕具：锄头，铁耙，铲子，尖锄，除草钯，移植铲，灌溉壶等等，都冷落地被抛弃在天台上，而且生了锈。这些可怜的东西！它们应该像我一样地寂寞吧。

好像是本能地，我不时想着"现在是种番茄的时候了"，或是"现在玉蜀黍可以收获了"，或是"要是我能从家乡弄到一点蚕豆种就好了"！我把这种思想告诉了妻，于是她就提议说："我们要不要像邻居那样，叫人挑泥到天台上去，在那里辟一个园地？"可是我立刻反对，因为天台是那么小，而且阳光也那么少，给四面的高楼遮住了。于是这计划打消了，而旧园的梦想却仍旧继续着。

大概看到我常常为这种思想困恼着吧，妻在偷偷地活动着。于是，有一天，她高高兴兴地来对我说了："你可以有一个真正的园子了。你不看见我们对邻有一片空地吗？他们人少，种不了许多地，我已和他们商量好，划一部分地给我们种，水也很方便。现在，你说什么时候开始吧。"

她一定以为会给我一个意外的喜悦的，可是我却含糊地应着，心里想："那不是我的园地，我要我自己的园地。"可是，为了要不使妻太难堪，我期期地回答她："你不是劝我不要太疲劳吗？你的话是对的，我需要休息。我们把这种地的计划打消了吧。"

载《香岛日报》，一九四五年七月八日

再生的波兰

　　他们在瓦砾之中生长着，以防空洞为家，以咖啡店为办事处，食无定时，穿不称身的旧衣，但是他们却微笑着，骄傲地过着生活。

　　波兰的生活已慢慢地趋向正常了，但是这个过程却是痛苦的。混乱和破坏便是德国人在五年半的占领之后所留下的遗物。什么东西都必须从头做起。波兰好像是一片殖民的土地，必须要从一片空无所有的地方建立一个新的社会，一个经济秩序和一个政治行政。除此以外，带有一个附加的困难：德国人所播下的仇恨和猜疑的种子，必须连根铲除。

　　这里是几幅画像。在华沙区中，砖瓦工业已差不多完全破坏了，而华沙却急着需要砖瓦，因为它百分之八十五的房屋都已坍败了。第一件急务是重建砖瓦工业。那些未受损害的西莱细亚区域的工场，在战前每年能够出产七万万块砖瓦。它们可能立刻拿来用，但是困难却在运输上。铁路的货车已毁坏了，残余下多少交通材料尚待调查。政府想用汽车和运货汽车来补充。UNNRA 已经开始交货了，而且也答应得更多一点。

百分之六十的波兰面粉厂已变成瓦砾场了。政府感到重建它们的急要，现在已开始帮助它们重建了。在一万二十间面粉厂之中，二千间是由政府直接管理的——这些大都是被赶去了的德国人的产业。其余的面粉厂也由官方代管着，等待主有者来接收。

华沙是战争的最悲剧的城，又是世界上最古怪的城。在它的大街上走着的时候，你除了废墟之外什么也看不到。这座城好像是死去而没有鬼魂出没的；可是从这些废墟之间，却浮现出生活来，一种认真的，工作而吃苦的生活，但却也是一种令人惊奇的快乐的生活。

你看见那些微笑的脸儿，忙碌的人物，跑来跑去的人。交通是十分不方便，少数的几架电车不够符合市民的需要，所以停车站上都排着长长的队伍。

今日华沙的最动人的景象，也许就是废墟之间的咖啡店生活吧。化为一堆瓦砾的大厦，当你在旁边走过的时候，也许会辨认不出来吧。瓦砾已被清除了，十张桌子和四十张椅子，整整齐齐地安排在那往时的大厦的楼下一层的餐室中，门口挂着一块招牌，骄傲地宣称这是"巴黎咖啡店"。顾客们来来去去，侍者侍候他们，生活就回到了那废墟。在今日，这些咖啡店就是复活的华沙的象征。

人们住在地下防空洞，临时搭的房间，或是郊外的避弹屋。这些住所是只适合度夜的，成千成万的人都把他们的日子消磨在咖啡店中。那些咖啡店，有时候是设在一所破坏了的屋子的最低一层，上面临时用木板或是洋铁皮遮盖着；有时设在那在轰炸中神奇地保全了的玻璃顶阳台上；但是大部分的咖啡店，却都是露天的。在那里，人们坐着谈天，讲生意，办公事。他们似乎很快乐，但是如果你听他们谈话，你可以听见他们在那儿抱怨。他们不满意建筑太慢，交通太不方便。

这种临时的咖啡店吸引了各色各样的顾客：贩子们兜人买自来水笔和旧衣服，孩子卖报纸，还有一种特别的人物，那就是专卖外国货币的人。什么事情都有变通办法，如果有一件东西是无法弄得到的，只要一说出来，过了一小时你就可以弄到手。和咖啡店作着竞争的，有店铺和摊位。只消在被炮火打得洞穿的墙上钉几块木牌，店铺就开出来了。那些招牌宣告了那些店铺的存在和性质"巴黎理发店""整旧如新，立等即有"等等。在另一条街上，在破碎的玻璃后面，几枝花和一块招牌写着"小勃里斯多尔"——原来在旧日的华沙，勃里斯多尔饭店是最大的旅馆。

这便是街头的生活，但是微笑的脸儿却隐藏着无数的忧虑。人民的衣服都穿得很坏；在波兰全国，衣服和皮革都缺乏得很，许多人都穿着几年以前的旧衣服，用不论任何方法去聊以蔽体。有的人则买旧衣服来穿，也不管那些衣服称身不称身，袖短及肘，裤短及膝的，也是常见的了。

在生活的每一部门，都缺乏熟练的人手。医生非常稀少，而人民却急需医药。几年以来，他们都是营养不良而且常常生病。孩子们都缺乏维他命和医药。留在那里的医生都忙得不可开交，他们不得不去和希特勒的饥饿政策和缺乏卫生的后患斗争，然而人民却并不仅仅生活。他们还亲切而骄傲地生活。那最初在华沙行驶的电车都结满了花带。那些并不比摊子大一点的店铺都卖着花。在波兰，差不多已经有三十家戏院开门了，而克格哥交响乐队，也经常奏演了。

报纸、杂志和专门出版物，都渐渐多起来，但是纸张的缺乏却妨碍了出版界的发展。小学和大学都重开了，但是书籍和仪器却十分缺乏。

在波兰，差不多任何东西都是不够供应。物价是高过受薪阶层的购买力。运输的缺乏增加了食品分配的困难，但是工厂和餐室，以及政府机关的食堂，却都竭力弥补这个缺陷。在波兰的经济机构中，是有着那么许多空洞，你刚补好了一个洞，另外五个洞又现出来了。经济的发动机的操纵杆不能操纵自如，于是整部车子就走几码就停下来了。

　　除了物质的需要之外，还有精神的不安。精确的估计算出，从一九三九年起，波兰死亡的总数有六百万人。现在还有成千成万的人，都还不知道自己的家属的存亡和命运。幸而人民的精神拯救了这个现状。他们泰然微笑地穿着他们不称身的衣服，吃着他们的不规则的饭食，忍受着物品的缺乏和运输的迟缓。他们已下了决心，要使波兰重新生活起来。

　　　　　　　載《新生日报·生趣》，一九四六年三月十五日

香港的旧书市

这里有生意经，也有神话。

香港人对于书的估价，往往是会使外方人吃惊的。明清善本书可以论斤称，而一部极平常的书却会被人视为稀世之珍。一位朋友告诉我，他的亲戚珍藏着一部《中华民国邮政地图》，待价而沽，须港币五千元（合国币四百万元）方肯出让。这等奇闻，恐怕只有在那个小岛上听得到吧。版本自然更谈不到，"明版康熙字典"一类的笑谈，在那里也是家常便饭了。

这样的一个地方，旧书市的性质自然和北平、上海、苏州、杭州、南京等地不同。不但是规模的大小而已，就连收买的方式和售出的对象，也都有很大的差别。那里卖旧书的仅是一些变相的地摊，沿街靠壁钉一两个木板架子，搭一个避风雨的遮棚，如此而已。收书是论斤断秤的，道林纸和报纸印的书每斤出价约港币一二毫，而全张报纸的价钱却反而高一倍；有硬面书皮的洋装书更便宜一点，因为纸板"重秤"，中国纸的线装书，出到一毫一斤就是最高的价钱了。他们比较肯出价钱的倒是学校用的教科书，簿记学书，研究养鸡养兔的书等等，因为要这些书的人是非购不可的，所以他们也就肯以高价收入了。其次是医科和工科用书，为的是转运内地可以卖很高的价钱。此外便剩下"杂书"，只得卖给那些不大肯出钱的他们所谓"藏家"和"睇家"了。他们最大的主顾是小贩，这并不是说香港小贩最深知读书之"实惠"的人，在他们是无足重轻的。

旧书摊最多的是皇后大道中央戏院附近的楼梯街，现在共有五个摊子。从大道拾级上去，左手第一家是"龄记"，管摊的是一个十余岁的孩子（他父亲则在下面一点公厕旁边摆废纸摊），年纪最小，却懂得许多事。著《相对论》的是爱因斯坦，歌德是德国大文豪，他都头头是道。日寇占领香港后，这摊子收到了大批德日文学书，现在已卖得一本也不剩，又经过了一次失窃，现在已经没有什么好东西了。隔壁是"焯记"，摊主是一个老是有礼貌的中年人，专卖中国铅印书，价钱可不便宜，不看也没有什么关系。他对面是"季记"，管摊的是姐妹二人。到底是女人，收书卖书都差点功夫。虽则有时能看顾客的眼色和态度见风使舵，可是索价总嫌"离谱"

（粤语不合分寸）一点。从前还有一些四部丛刊零本，现在却单靠卖教科书和字帖了。"季记"隔壁本来还有"江培记"，因为生意不好，已把存货称给鸭巴甸街的"黄沛记"，摊位也顶给卖旧铜烂铁的了。上去一点，在摩罗街口，是"德信书店"，虽号称书店，却仍旧还是一个摊子。主持人是一对少年夫妇，书相当多，可是也相当贵。他以为是好书，就一分钱也不让价，反之，没有被他注意的书，讨价之廉竟会使人不相信。"格吕尼"版的波德莱尔的《恶之华》和韩波的《作品集》，两册只讨港币一元，希米兹的《莎士比亚字典》会论斤称给你，这等事在我们看来，差不多有点近乎神话了。"德信书店"隔壁是"华记"。虽则摊号仍是"华记"，老板却已换过了。原来的老板是一家父母兄弟四人，在沦陷期中旧书全盛时代，他们在楼梯街竟拥有两个摊子之多。一个是现在这老地方，一个是在"焯记"隔壁，现在已变成旧衣摊了。因为来路稀少，顾客不多，他们便把滞销的书盘给了现在的管摊人，带着好销一些的书到广州去开店了，听说生意还不错呢。现在的"华记"已不如从前远甚，可是因为地利的关系（因为这是这条街第一个摊子，经荷里活道拿下旧书来卖的，第一先经过他的手，好的便宜的，他有选择的优先权），有时还有一点

香港的旧书市　　　　　　　　　　083

好东西。

在楼梯街，当你走到了"华记"的时候，书市便到了尽头。那时你便向左转，沿着荷里活道走两三百步，于是你便走到鸭巴甸街口。

鸭巴甸街的书摊名声还远不及楼梯街的大，规模也比较小一点，书类也比较新一点。可是那里的书，一般地说来，是比较便宜点。下坡左首第一家是"黄沛记"，摊主是世业旧书的，所以对于木版书的知识，是比其余的丰富得多，可是对于西文书，就十分外行了。在各摊中，这是取价最廉的一个。他抱着薄利多销主义，所以虽在米珠薪桂的时期，虽则有八口之家，他还是每餐可以饮二两双蒸酒。可是近来他的摊子上也没有什么书，只剩下大批无人过问的日文书，和往日收下来的瓷器古董了。"黄沛记"对面是"董莹光"，也是鸭巴甸街的一个老土地。可是人们却称呼他为"大光灯"。大光灯意思就是煤油打气灯。因为战前这个摊子除了卖旧书以外还出租煤油打气灯。那些"大光灯"现在已不存在了，而这雅号却留了下来。"大光灯"的书本来是不贵的，可是近来的索价却大大地"离谱"。据内中人说，因为有几次随便开了大价，居然有人照付了，他卖出味道来，以后就一味地上天讨价了。从"董莹光"走下几步，开

　　　夜莺

在一个店铺中的，是"萧建英"。如果你说他是书摊，他一定会跳起来。因为在楼梯街和鸭巴甸街这两条街上，他是唯一有店铺的——虽则是极其简陋的店铺。管店的是兄弟二人。那做哥哥的人称之为"高佬"，因为又高又瘦。他从前是送行情单的，路头很熟，现在也差不多整天不在店，却四面奔走着收书。实际上在做生意的是他的十四五岁的弟弟。虽则还是一个孩子，做生意的本领却比哥哥更好，抓定了一个价钱之后，你就莫想他让一步。所以你想便宜一点，还是和"高佬"相商。因为"高佬"收得勤，书摊是常常有新书的。可是，近几月以来，因为来源涸绝，不得不把店面的一半分租给另一个专卖翻版书的摊子了。

在现在的"萧建英"斜对面，战前还有一家"民生书店"，是香港唯一专卖线装古书的书店，而且还代顾客装潢书籍号书根。工作不能算顶好，可是在香港却是独一无二的。不幸在香港沦陷后就关了门，现在，如果在香港想补裱古书，除了送到广州去以外就毫无办法了。

鸭巴甸街的书摊尽于此矣，香港的书市也就到了尽头了。此外，东碎西碎还有几家书摊，如中环街市旁以卖废纸为主的一家，西营盘兼卖教科书的"肥林"，跑马地黄泥甬道以租书为主的一家，可是绝少有可买的书，奉劝不必劳驾。再等而下之，那就是禧利街晚间的地道的地摊子了。

据戴望舒自留剪报，本文载《时事周报》，署名戴丞，
年月不详

梅里美小传

  泊洛思彼尔·梅里美（Prosper Mérimée）于一千八百零三年九月二十八日生于巴黎。他的父亲约翰·法杭刷·莱奥诺尔·梅里美（Jean-Franeois-Léonor-Mérimée）是一个才气平庸的画家和艺术史家；他的母亲安娜·毛荷（Anna Moreau）也是一位画家。

  在这艺术家，同时又是中流阶级者的环境中，是没有感伤成分的，只有明了、良知和某种干燥的冷淡。在那再现着古典的，正确的，遒劲的，规则的图画的画室中，眼睛是惯于正确地观察事物，手是惯于切实地落笔挥毫，所以，在这环境当中长大起来的梅里美，便惯于正确地思想了。

  幼年的梅里美，是没有什么出人头地的地方，他是一个少年老成的孩子。从一千八百十一年起，他进了亨利四世学校，在学校里引起他同学的注意的，只是他衣服穿得很精致（这是他母亲的倾向），英文说得很流利而已。因为他的父亲——他和许多英国的艺术家如霍尔克洛甫特（Holcroft），诺尔柯特（Northcote），威廉·海士里特（William Hazlitt）等人都是老朋友——在他很小的时候就教他读英文。他真正的教育，我们可以说是从他的父母那儿得来的。

因此，他很早便显出修饰癖和英国癖：这便是梅里美的持久的特点。

在十八岁时（一八二〇年），他离开了中学。他对于绘画颇有点天才，可是他的在艺术上没有什么大成就的父亲，却劝他不要习画，于是他便去学法律。他毫无兴味地没精打采地读了五年法律，他的时间大都是消磨在个人的读书和工作上，他同时学习着希腊文、西班牙文和英文。他很熟悉赛尔房提斯（Cervantes）、洛贝·代·凡加（Lope de Vega）、加尔代龙（Calderon）和莎士比亚。他背得出拜伦（Byron）的《东荒》（*Don Juan*）。同时，他还研究着神学，兵法，建筑学，考铭学，古泉学，魔术和烹调术。他什么都研究到。

但是他的知识欲也并不是没有限制的。在梅里美，只有具体是存在的。纯哲学和纯理学他是不去过问的。他厌恶一切空泛的东西。他只注重客观的世界。他可以说是一个古物学家和年代史家：他以后的著作，全包括在这两辞之中。

他也憎厌一切情感的，纯粹抒情的，忧伤的诗情的东西。当然，他是读着何仙（Ossian）和拜伦。但是，他在"芬加尔之子"的歌中所赏识的，是加爱尔（Gaëls）的文化的色彩，而《东荒》在他看来，也只是一种智慧的讽刺和活动的故事而已。

自一八二〇年至一八二五年，他和巴黎的文人交游，他往来于许多"客厅"之间。他认识了缪赛（Alfred de Musset），斯当达尔（Stendhal 即 Henri Beyle 的笔名），圣·佩韦（Sainte Beuve），古崒（Viotor Cousin），昂拜尔（J. J. Ampère），吉合尔（Gérard），特拉阔（Delacraix）等文士和艺术家。他特别和斯当达尔要好，因为，据朗松（Lanson）说："他们两人气味相投，憎恶相共。他们两人都爱推翻中流阶级的道德；他们两人都是冷淡无情的，都是观察者；他们嘲笑着浪漫的热兴；他们两人都有心理学的气质。"那时斯当达尔比梅里美大二十岁，已经以《合西纳和莎士比亚》和《恋爱论》得名了。他使他这位青年的朋友受了很大的影响。

一千八百二十四年是浪漫派战争爆发的一年。梅里美倾向哪一方面去呢？倾向古典派呢，还是浪漫派？他是青年人，所以，他便应当归浪漫派。然而他却忍耐而缄默着。一切的激昂都使他生厌。他赞成原则而反对狂论。他加入了浪漫派的战线，他先做了一篇散文的诗剧《战斗》（*Bataille*），完全是受的拜伦的影响，接着又在一天星期日在 Debats 报的文学批评者德莱克吕士（Delecluze）家里宣读他的莎士比亚式的诗剧《克朗威尔》（*Cromwell*）。这诗剧现在一行也没有遗传下来，我们所知道的，只是那是越了一切古典的程式规范的而已。最后又在 Globe 报上发表了四篇关于西班牙戏曲艺术的论文（一八二四年九月间）。

不久，他做了五篇浪漫的戏曲，假充是从一个西班牙戏曲家 Clara Gazul 那儿译过来的。其中有一篇《在丹麦的西班牙人》（*Les Espagnols en Danemark*），是很不错的，其余的却只是胡闹。他还假造了 Clara Gazul 的传记，注译等等。这种假造是被人很容易地揭穿了。除了一切青年文士的推崇外，这部书并没有什么大成就。只有一位批评家——梅里美的朋友昂拜尔捧他，说"我们有一个法兰西的莎士比亚了"！

在一千八百二十七年，他又造了一件假货。一本书出来了，是在斯特拉斯堡（Strasbourg）印的，里面包含二十八首歌，题名为《单弦琴或伊力里亚诗选》（*La Guzla au choix de Poésies Illyriques*），说是一个侨寓在法国的意大利人翻译的。当然，里面还包含许多的关于语言学的研究，一篇关于巴尔干的民俗的论文，和一篇关于原著者的研究。

实际上，这本"单弦琴"从头至尾是梅里美做的。他在这本书的第二版（一八四二）的序文上自己也源源本本地讲出来了。

那时，这位法国的莎士比亚和他的批评家昂拜尔想到意大利和阿特阿特克海岸去旅行。什么都不成问题，成问题的只是钱。于是他们想一个妙法，便是先写一本旅行记，弄到了钱作旅费，然后去看看他们有没有描写错。为了这件事，梅里美不得不去翻书抄书。可是出版之后，却没有卖了几本，这可叫梅里美大失所望。可是歌德却上了他一个当，把这部书大大地称赏了一番。

在一千八百二十八年他发表了一本 *La Jaquerie*。这是一种用历史上的题材做的戏曲，但是似乎太散漫了。

此书出版后，梅里美便到英国去了。在英国（一八二八年四月至十一月），他认识了将来英国自由党的总秘书爱里思（Ellice）和青年律师沙东·夏泊（Sutton Sharpe）。后者是一个伦敦的荡子，后来做了梅里美在巴黎的酒肉朋友。

在他的远游中，出了一本 *Eamille de Carvajal*（一八二八），依然是一本无足重轻的东西。

回国后，他发表了两篇西班牙风味的短剧 *Carrosse du Saint-Saereman*（一八二九年六月）和 *Oceasion*（一八二九年十二月）。这两篇编入当时再版的 Clara Gazul 戏曲集中，在全书中可以算是最好的了。

同年，*Chronique du temps de Charles IX* 出版了（后来梅里美把 temps 改为 règne）。这是梅里美显出自己的长处来的第一本书，里面包含着一列连续的，但是也可以说独立的短篇故事。正如以前的戏曲 *La Jaquerie* 一样，原是借旧材料写的，但是艺术手腕却异常地高。这部书在当时很轰动一时，我们可以说是像英国的施各德（Walter Scott），但比施各德还紧凑精致。

在一八二九年，他还在《两世界》杂志上发表了他的独立的短篇小说：马代奥·法尔高纳（*Mateo Falcone*）《炮台之袭取》（*L'Enlèvement de la redoute*），《查理十一世的幻觉》（*La Vision de Charles XI*），《达曼果》（*Tamango*）和《托莱陀的珍珠》（*La Perle de Tolède*），都是简洁精致，可算是短篇中的杰作。

在经过最初的摸索之后，梅里美便渐渐地使他的艺术手腕达于圆熟之境了。他从沙维艾·德·美斯特尔（Xavier de Maistre），第德罗（Diderot），赛尔房提斯

（Cervantes）学到了把一件作品范在一个紧凑的框子里，又在这框子里使人物活动的艺术，他从浪漫派诸人那里采取了把作品涂上色彩，又把人物生龙活虎地显出来的方法，他从那由斯当达尔领头的文社那儿理会到正确、简洁的手法。他集合众人的长处而造成了他自己个人的美学。

在一千八百三十年，他旅行到西班牙去。在旅行中，他在《巴黎》杂志上发表了五封通信，那是他在马德里和伐朗西亚写的。在这次旅行他所做的许多韵事中，他可能地认识了那位他后来借来做《珈尔曼》的主角的吉卜赛女子。但他也认识了好些显贵的人们，他和德·戴巴（后名德·蒙谛约）伯爵夫妇做了朋友，他抱过那后来成为法国的皇后的他们的四岁的小女儿。

正在他的旅行期中，法国起了一次革命。当他回国的时候，他便毫不费力地加入胜利者一方面了。他与勃劳季尔家（Brogile）和阿尔古伯爵（Comte d'Argout）有亲友关系，因而进了国务院。他在那里过了三年的放诞生活，什么事也不干，尽管是玩。据他自己说："在那个时候，我是一个极大的无赖子。"直到和乔治·桑发生了一度短促而"可恨"的关系后，他才放弃了那种无聊生活，而回到文学中，写了一篇 Double Méprise

（一八三三,九月）。

在一千八百三十五年，梅里美被任为历史古迹总监察。从那时起，他便埋头用功读书，对于理论和纯粹批评的著作得了一种兴味。他异常忙碌，要工作，要做报告，因而文学便只能算是消遣品了。他的职务使他每年不得不离开巴黎几个月。他四处都走到，从而收集了许多材料。这些札记或印象，梅里美并未全用在他所发表的作品上，大部分都可以在他和友人的通讯上找到。

从一千八百三十五年到一千八百四十年这五年中，梅里美是一心专注在他的新事业上，他的唯一的文学作品（但也还是染着他的古学的研究的色彩的），便是他自己认为杰作的 *Vénus de l'Ille*。在一千八百三十九年和一千八百四十年，他游历意大利、西班牙（这是第二次了）和高尔斯。

这次游历的印象的第一个结果，便是《高龙芭》。这是他在周游过高尔斯回来之后起草的。在这本书里，我们可以看到梅里美的艺术手腕已到了它的最高点。他的一切的长处都凝聚在这本书里：文体的简洁和娴雅，布局的周密和紧凑，描写的遒劲和正确，人物的个性和活跃，对话的机智和自然，在不断的冲突中的心理的分析的细腻，地方色彩的浓厚和鲜明。所以，虽则梅里美自

己说 *Vénus de l'Ille* 是他的杰作，但大部分的批评家却都推举这一部《高龙芭》。(《高龙芭》里的女主角高龙芭，并非完全是由梅里美创造出来的，那是实有其人的，梅里美不过将她想象化了一点而已。)

意大利的旅行和罗马艺术的研究，引起了他对于古代的兴味。在一千八百四十一年，他发表了两篇罗马史的研究：《社会战争》(*La Guerre Sociale*)和《加谛里拿的谋反》(*La Conjuration de Catilina*)。在一八四二年，他一直旅行到希腊、土耳其、小亚细亚。回到巴黎后，他发表了他的《雅典古迹的研究》(一八四二)，几月之后，又发表了他的《中世纪的建筑》。

一千八百四十三年十二月十八日，法国国家学院选他为会员(这是由于他的《高龙芭》)。这时梅里美不知地又写了一篇小说：*Arsène Guillot*。但是这本书却颇受人非难。第二年，《珈尔曼》出来了，这是一本一般人很爱读的书，但是，正确地说起来，是比不上《高龙芭》和 *Arsène Guillot* 的。

在四十三岁的时候，发表了他的《何般教士》(*L'Abbe Aubain*)(一八四六)后，他忽然抛开了他的理想的著作了。他以后整整有二十年一篇小说也没有写。

从一八四六年至一八五二年这七年间，他写了

《侗·贝特尔第一的历史》(*Histoire de Don Pèdre Ier*)，他研究俄国文学，他介绍普希金（Pushkin），哥果尔（Gogol），并翻译他们的作品，他研究，他作批评文，他旅行。在一千八百五十二年的时候，他丧了他的慈母——这在他是一个大打击，那时候，他已快五十岁了，他身体也渐趋衰弱了。可是在一千八百五十三年，拿破仑三世和梅里美旧友德·蒙谛约伯爵夫人的女儿结了婚。那个他从前曾经提携过的四岁的小女孩，现在便做了法国的皇后了。大婚后五月，梅里美便进了元老院。于是我们的这位小说家，便成为宫中的一个重要角色了。他过度着锦衣足食的生涯，然而他却并不忘了他的著述，那时如果他不在他的巴黎李勒路（Rue de Lille）的住宅里，不在宫里，他便是在继续的旅行中：有时在瑞士，有时在西班牙，有时又在伦敦。

在一千八百五十六年，他到过苏格兰；几月之后，他淹留在罗若纳（Lausanne）；一千八百五十八年，他继续地在艾克斯（Aix），在伦敦，在枫丹白露（Fontainebleau），在意大利。在一千八百六十二年，他出席伦敦的博览会审查会；他受拿破仑三世之托办些外交上的事件。

在这种活跃之下，梅里美渐渐地为一种疲倦侵袭了。他感到生涯已快到尽头；自从他不能"为什么人写点东西"以来，他已变成"十分真正的不幸了"。接着疾病又来侵袭他。为了养病，他不得不时常到南方的加纳（Cannes）去，由他母亲的两个旧友爱佛思夫人（Mrs. Evers）和赖登姑娘（Miss Lagden）照料着他。

守了二十年的沉默，在一千八百六十六年，梅里美又提起笔来写他的小说了。可是重新提起他的小说家的笔来的时候，我们的《高龙芭》《珈尔曼》的作者，却发现他的笔已经锈了。

《青房》（*La Chambre bleue*，一八六六）和《洛季斯》（*Lokis*，一八六六）都是远不及他以前的作品。不但没有进展，他的艺术是退化了。

另一方面，他的病也日见沉重。在一千八百七十年九月八日他被人扶持到加纳，十五天之后，九月二十三日，他便突然与世长辞，在临死前他皈依了新教，这是使他的朋友大为惊异的。他的遗骸葬在加纳的公墓里。

原载《高龙芭》（梅里美著，戴望舒译）
上海中华书局，一九三五年二月印行

保尔·蒲尔惹评传

　　保尔·蒲尔惹（Paul Bourget）于一千八百五十二年九月二日生于法国索麦州（Somme）之阿绵县（Amiens），为法兰西现存大小说家之一。虽则跟随着他的年龄，跟随着时代，他的作品也已渐渐地老去了，褪色了，但他还凭着他的矍铄的精神，老当益壮的态度，在最近几年给我们看了他的新作。他的这些近作固然不值得我们来大书特书，但是他的过去的光荣，他在法兰西现代文学史上的地位，却是怎样也不能动摇的。

　　他的家世是和他的《弟子》的主人公洛贝·格勒鲁的家世有点仿佛。他的父亲于斯丹·蒲尔惹（Justin Bourget）是理学士，他的祖父是土木工程师，他的曾祖是农人。在母系方面，他的母亲是和德国毗邻的洛兰州（Lorraine）人，血脉中显然有着德国的血统。这些对于蒲尔惹有怎样的影响，我们可以从《弟子》第四章《一个现代青年的自白》第一节"我的遗传"中看到详细的解释。

在他出世的时候，他的父亲是在索麦的中学校里做数学教员，以后接连地迁任到斯特拉斯堡（Strasbourg），格莱蒙·费朗（Clermont-Ferrand），而在那里做了理科大学的教授。蒲尔惹的教育，便是在格莱蒙开始的。《弟子》的《一个现代青年的自白》中所说的"他利用了山川的风景来对我解释地球的变迁，他从那里毫不费力地明白晓畅地说到拉伯拉思的关于星云的假定说，于是我便在想象中清楚地看见了那从冒火焰的核心中跳出来，从那自转着的灼热的太阳中跳出来的行星的赤焰。那些美丽的夏夜的天空，在我这十岁的孩子眼中变成了一幅天文图；他向我讲解着，于是我便辨识了那科学知道其容积、地位和构成金属的一切，可望而不可即的惊人的宇宙。他教我搜集在一本标本册中的花，我在他指导之下用一个小铁锤打碎的石子，我所饲养或钉起来的昆虫，这些他都对我一一加以仔细解释"等语，正就是蒲尔惹的"夫子自道"。此后，因为他的父亲到巴黎去做圣芭尔勃中学（Collège Sainte-Barbe）的校长的缘故，他便也转到这个中学去读书。这是一个和法国文艺界很有关系的中学，有许多作家都是出身于这个中学的。在这个中学，他开始对于文学感到兴趣。就在这个时期，在一千八百七十年，普法战争爆发了。这对于他以后的文学生活很有影响的，而以后的他的杰作《弟子》，便在这个时期酝酿着了。在《弟子》的序言《致一个青年》中，他便这样地对青年说：

> 是的，他（指著者）想着，而且，这也不是一朝一夕的事，自从你开始读书识字的时候起，自从我们这些行将四十岁的人，当时在那巴黎的炮火声中涂抹着我们最初的诗和我们的第一页散文的时候起，我们早就想到你们了。在那个时代，在我们同寝室的学生之间，是并不快乐的。我们之中的年长者刚出发去打仗，而我们这些不得不留在学校里的人，在那些冷清清只剩了一半学生的课堂里，觉得有一个复兴国家的重大的责任，压在我们身上。

在一八七二年，他得到了文学士学位，便入巴黎大学专攻希腊语言学。在这个时期，他决意地开始他的文学生活了。

正如差不多一切的文人一样，他的文学生活是从诗歌开始的。他最初的作品便是在缪赛（Alfred de Musset），波德莱尔（Charles Baudelaire）以及当时

（一八七五年顷）法国对于英国湖畔诗人的观念等的影响之下的几卷诗集：《海边》（*Au bord de la mer*），《不安的生活》（*la vie inquiète*），《爱代尔》（*Édel*），《自白》（*Les Aveux*）。这些诗集，以诗歌的价值来说，是并不很高的，它们的更大的价值是在心理学上。在这些诗集里，蒲尔惹竭力把他对于拜伦和巴尔倍·陀雷维里（Barbey d'Aurevilly）的景仰，和他的应用在近代生活上的细腻的分析的个人趣味联合在一起。那头两部诗集的题名，《海边》和《不安的生活》，就已很明白地表现出这个二重性，表现出他的在最矫饰的上流社会下面发现了一个深切的心理学的基础的愿望。因为在他的心头统治着的是心智的力，知识的热情，所以诗是和他不大相宜的。他是戴纳（Taine）和富斯代尔·德·古朗什（Fustel de Coulanges）的弟子；可是在很早的时候起，一切的思想潮流都已涌进他的梦想者和好奇者的心灵里了。在他看来，哲学与医学是和政治与历史一样地有兴趣，而在他的一生之中，对于人类的智识的最不同的倾向，他又怀着极大的关心。最和他的分析的禀性相合的艺术形式是小说，——他的第三部诗集《爱代尔》就差不多就是小说了——但是他并没有立刻取这个形式。

在写他的小说以前，蒲尔惹先发表了他的《现代心理论集》（一八八三）。这是当时批评界的一个极好的收获。在这本书中，他对于法兰西的诸重要作家，如波德莱尔，勒囊（Renan），弗洛贝尔（Flaubert），斯当达尔（Stendhal），戴纳，小仲马（Dumas fils），勒龚特·德·李勒（Leconte de Lisle），龚果尔兄弟（Edmond et Jules Concourt）等，都有新的估价和独到的见解。这部书，以及以后的《批评与理论集》（二卷，一九一二）和《批评与理论集》（一九二二）表现着他的批评观念的演进。从他的最初的论文起，他就对于当代青年的这些大师决定了他自己的态度，在研究着他们的时候，他用那在他心头起着作用，互相抵触着或符合着而决定了他的发展的曲线的三个主要的影响确定他自己的立脚点：代表着心灵的不安和神秘的倾向的波德莱尔，心理分析的先驱斯当达尔，以及实验主义的大师戴纳。但和他们不同之处，是他并不从这立脚点前进而后退了。他渐渐地退到传统的，保守的，天主教的路上去。在他的《批评与理论集》的那篇《献给茹尔·勒麦特尔》（Jules Lemaitre）的序上，他这样地记着他的演进之迹：

这本书对于你会颇有兴趣：这里画着一条和你所经过的思想的曲线很类似的思想的曲线。我们两人都是在大革命的氛围气质之中长大起来的，可是我们两人却都达到了很会使我们的教授们惊诧的传统的结论。

他终于找到了那最适宜于他的性格的艺术的形式了。他开始写小说了。在他的最初的几部小说，如《残酷的谜》（*Cruelle Enigme* 一八八五），《一件恋爱的犯罪》（*Un crime d'amour* 一八八六），《谎》（*Mensonges* 一八八七）等中，他只在找寻着他的个人表现。他在他的诗歌中和论文中所不能充分地表现出来的心理分析精神，便开始在小说中大大地发展出来了。在这些小说之中，心理学者和诗人的才能同时地表现了出来。这些小说出版的时候，很受到自然主义者的不满的批评，因为这些小说中的人物大都是取诸上流社会的，而当时的自然主义者们却几乎不承认上流社会的存在。蒲尔惹是致力于描摹现实的各面的，他认为"上流社会"的研究亦是在小说家的努力的范围中的。他之所以选了上流社会，却也有一个理由，因为他觉得上流社会中的人物不大有物质的挂虑，职业的牵累，情感是格外奔放一点，分析起来是格外顺手一点。他的许多长篇小说，如《昂德莱·高尔奈里思》（*André Cornelis* 一八八七），《妇人的心》（*Un coeur de femme*

一八九〇），《高斯莫保里思》（*Cosmopolis* 一八九三），
《一个悲剧的恋爱故事》（*Une idylle tragique* 一八九六），
中篇小说如《复始》（*Recommencements* 一八九七），《感
情的错综》（*Complications Sentimentales* 一八九八），《心
的曲折》（*Les détours du coeur* 一九〇八）等等，都是分
析情感的作品。

可是在一千八百八十九年，那部在文学界上同时在
他自己的著作间划时代的《弟子》（*Le Disciple*）出世了。
这部小说出来以后，他也就决然地走出了他的摸索时期。
它显示出了蒲尔惹的更广大的专注。从此以后，他不只
是一个心理小说家，而是一个提出了著者的精神上的责
任问题的道德家了。这种道德家的严重的口气，我们是
可以从那篇作为序文的《致一个青年》中看得出来的：

> 在〔我们这些做你的长兄的人们〕那些著作
> 中所碰到的回答，是和你的精神生活有点利害关
> 系，和你的灵魂有点利害关系的；——你的精神
> 生活，正就是法兰西的精神生活，你的灵魂，就
> 是它的灵魂。二十年之后，你和你的弟兄们将把
> 这个老旧的国家——我们的公共的母亲——的命
> 脉，抓在掌握之中。你们将成为这国家的本身。

那时，在我们的著作中，你将采得点什么，你们将采得点什么？想到了这件事的时候，凡是正直的文士——不论他是如何地无足重轻——就没有一个会不因为自己所负的责任之重大而战战兢兢着的……

在这部书出来的时候，是很引起过一番论争的。的确，这部书是有着它的重大性。它统制着蒲尔惹的思想之分歧，结束了二十年以来在蒲尔惹心头占着优势的各种观念。宣布了那从此以后将取得优势的观念：这是蒲尔惹个人一方面的意义。而在社会一方面的意义是：它越了纯粹艺术的圈子，提出了艺术家对于社会责任的问题，更广泛一点地说，提出了个人生活对于社会生活这个主要的问题。从此以后，他把作品的社会价值看得比艺术价值更高了。从前，他可以说是一个为艺术而艺术的小说家，而现在他却是一位把小说作为工具，作为一种教训的手段的作者了。

的确，他提出了个人生活对于社会生活这个主要的问题，并因此而引起了道德的，宗教的，社会的诸问题。但对于这些问题，他只用了天主教的和保守派的理论去回答。《弟子》是用了巴斯加尔的《基督之神秘》中的这句表面上是假设之辞，而实际上却表现着一个宗教的信仰的话来结束的："如果你没有找到过我，你是不会来找我的！……"

我们可以看到，蒲尔惹只在宗教的回返中看到了出路。以后不久，在《高斯莫保里思》（一八九三）中，蒲尔惹似乎又回复到他最初的那些上流社会的心理小说一次。但这只是一个外表，在他的心里，他的主张仍旧一贯地进行着，一直引导他到《阶段》的正理主义（Doctrinarisme）。

我们上面已经说过，从《弟子》以后，蒲尔惹便继续把他的天才为他的社会的信念服役了。但是他的成就是怎样呢？正如一切的宣传作品一样，我们所感到的只是使人厌倦的说教而已。《阶段》（L'Étape 一九〇三），《亡命者》（L'Émigré 一九〇七），《正午的魔鬼》（Le Démon de midi 一九一四），《死之意义》（Le Sens de La mort 一九一五），《奈美西思》（Némésis 一九一八）等等，都是这一种倾向的作品。而其中尤以《阶段》一书为这一种倾向的顶点。在《弟子》以后，比较可以一读的只有《正午的魔鬼》而已。

从文学上来讲，蒲尔惹的成就是很微小的。对于每一个小说中的人物，他虽然力求其逼真，使读者觉得确有其人，然而他往往做得过分了，使人起一种沉滞和厌倦

夜 莺

之感。这些果然是一切心理小说家所不免的缺陷，但蒲尔惹却做得比别人更过分一点。他尤其喜欢在他的小说中发挥他对于社会、宗教、道德等的个人意见，使一部完整的作品成为不平衡的。这些，即他的一生杰作《弟子》中也不能免，至于《阶段》那样的作品，那是更不用说了。他的唯一的长处是在他天生的分析天才所赋予他的细腻周到。在这一点上，他是可以超过前人的。至于他的文章的沉重滞涩，近代的批评家们——如保尔·苏代（Paul Souday）——都有定论，也毋庸我们来多说了。

下面的译文，是根据了巴黎伯龙书店（Plon）本翻译出来的。在移译方面，译者虽然已尽了他的力量，但因原作滞涩烦琐的缘故，所以译文也不免留着原著的短处。译者不能表达出作者的长处而只保留着作者的短处，这是要请读者原谅的。

一九三五年十一月十五日

在本书译成后半个月，即一九三五年十一月二十五日，蒲尔惹在巴黎与世长辞了，享年八十有二岁。《弟子》中译本的出版，也可以算作我们对于这位法国大小说家的一点奠基吧。

诗人梵乐希逝世

　　据七月二十日苏黎世转巴黎电，法国大诗人保禄·梵乐希已于二十日在巴黎逝世。

　　梵乐希和我们文艺界的关系，不能说是很浅。对于我国文学，梵乐希是一向关心着的。梁宗岱的法译本《陶渊明集》，盛成的法文小说《我的母亲》，都是由他作序而为西欧文艺界所推赏的；此外，雕刻家刘开渠，诗人戴望舒，翻译家陈占元等，也都做过梵乐希的座上之客。虽则我国梵乐希的作品翻译得很少，但是他对于我们文艺界一部分的影响，也是不可否认。所以，当这位法国文坛的巨星陨堕的时候，来约略介绍他一下，想来也必为读者所接受的吧。

　　保禄·梵乐希于一八七一年十月三十日生于地中海岸的一个小城——赛特，母亲是意大利人。他的家庭后来迁到蒙柏列城，他便在那里进了中学，又攻读法律。在那个小城中，他认识了《阿弗诺第特》的作者别尔·路伊思，

夜　莺

以及那在二十五年后使他一举成名的昂德莱·纪德。

在暑期，梵乐希常常到他母亲的故乡热拿亚去。从赛特山头遥望得见地中海的景色，热拿亚的邸宅和大厦，以及蒙柏列城的植物园等，在诗人的想象之中都留下了深深的印迹。

在一八九二年，他到巴黎去，在陆军部任职，后来又转到哈瓦斯通讯社去。在巴黎，他受到了当时大诗人马拉美的影响，变成了他的入室弟子，又分享到他的诗的秘密。他也到英国去旅行，而结识了名小说家乔治·米雷狄思和乔治·莫亚。

到这个时期为止，他曾在好些杂志上发表他的诗，结集成后来在一九二〇年才出版《旧诗帖》集。他也写了《莱奥拿陀·达·文西方法导论》（一八九五）和《戴斯特先生宵谈》（一八九六）。接着，他就完全脱离了文坛，过着隐遁的生涯差不多有二十年之久。

在这二十年之中的他的活动，我们是知道得很少。我们所知道的，只是他放弃了诗而去研究数学和哲学，像笛卡德在他的炉边似的，他深思熟虑着思想、方法和表现的问题。他把大部分的警句、见解和断片都储积在他的手册上，长久之后才编成书出版。

在一九一三年，当他的朋友们怂恿他把早期的诗收成集子的时候，他最初拒绝，但是终于答应了他们，而坐下来再从事写作；这样，他对于写诗又发生了一种新的乐趣。他花了四年工夫写成了那篇在一九一七年出版的献给纪德的名诗《青年的命运女神》。此诗一出，立刻受到了优秀的文人们的热烈欢迎。朋友们为他开朗诵会，又写批评和赞颂文字；而从这个时候起，他所写的一切诗文，便在文艺市场中为人热烈地争购了。称颂，攻击和笔战替他做了极好的宣传，于是这个逃名垂二十年的诗人，便在一九二五年被选为法兰西国家学院的会员，继承了法朗士的席位了。正如一位传记家所说的一样，"梵乐希先生的文学的成功，在法国文艺界差不多是一个唯一的事件"。

自《青年的命运女神》出版以后，梵乐希的诗便一首一首地发表出来。数目是那么少，但却都是费尽了推敲功夫精炼出来的。一九一七年的《晨曦》，一九二〇年的《短歌》和《海滨墓地》，一九二二年的《蛇》《女巫》，和《幻美集》，都只出了豪华版，印数甚少，只有藏书家和少数人弄得到手，而且在出版之后不久就绝版了的。一九二九年，哲学家阿兰评注本的《幻美集》出版，一九三〇年，普及本的《诗抄》和《诗文选》出版，梵乐希的作品始普及于大众。在同时，他出版了他的美丽的哲理散文诗《灵魂和舞蹈》(一九二一)和《欧巴里诺思或大匠》(一九二三),而他的论文和序文,也集成《杂文一集》(一九二四)和《杂文二集》(一九二九)。此外,他的《手册乙》(一九二四),《爱米里·戴斯特太太》(一九二五),《罗盘方位》(一九二六),《罗盘方位别集》(一九二七)和《文学》(一九二九,有戴望舒中译本),也相继出版,他深藏的内蕴,始为世人所知。

　　梵乐希不仅在诗法上有最高的造就,他同样也是一位哲学家。从他的写诗为数甚少看来,正如他所自陈的一样,诗对于他与其说是一种文学活动,毋宁说是一种特殊的心灵态度。诗不仅是结构和建筑,而且还是一种思想方法和一种智识——是想观察自己的灵魂,是自鉴的镜子。要发现这事实,我们也不需要大批研究梵乐希的书或是一种对于他诗中的哲理的解释。他对于诗的信条,是早已在四十年前最初的论文中表达出来了,就是在那个时候,他也早已认为诗是哲学家的一种"消遣"和一种对于思索的帮助了。而他的这种态度,显然是和以抒情为主的诗论立于相对的地位的。在他的《达文西方法导论》中,梵乐希明白地说,诗第一是一种文艺的"工程",诗人是"工程师",语言是"机器";他还说,诗并不是那所谓灵感的产物,却是一种"勉力""练习"

和"游戏"的结果。这种诗的哲学，他在好几篇论文中都再三发挥过，特别是在论拉封丹的《阿陶尼思》和论爱伦坡的《欧雷加》的那几篇文章中。而在他的《答辞》之中，他甚至说，诗不但不可放纵情绪，却反而应该遏制而阻拦它。但是他的这种"诗法"，我们也不可过分地相信。在他自己的诗中，就有好几首好诗都是并不和他的理论相符的；矫枉过正，梵乐希也是不免的。

意识的对于本身和对于生活的觉醒，便是梵乐希大部分的诗的主题，例如《水仙辞断章》，《女巫》，《蛇之初稿》等等。诗的意识瞌睡着；诗人呢，像水仙一样，迷失在他的为己的沉想之中；智识和意识冲突着。诗试着调解这两者，并使他们和谐；它把暗黑带到光明中来，又使灵魂和可见的世界接触；它把阴影、轮廓和颜色给与梦，又从缥缈的憧憬中建造一个美的具体世界。它把建筑加到音乐上去。生活，本能和生命力，在梵乐希的象征——树，蛇，妇女——之中，摸索着它们的道路，正如在柏格森的哲学中一样；而在这种"创造的演化"的终点，我们找到了安息和休止，结构和形式，语言和美，槟榔树的象征和古代的圆柱（见《槟榔树》及《圆柱之歌》）。

不愿迷失或沉湎于朦胧意识中，便是梵乐希的杰作

《海滨墓地》的主旨。在这篇诗中，生与死，行动与梦，都互相冲突着，而终于被调和成法国前无古人的最隐秘而同时又最音乐性的诗。

人们说梵乐希的诗晦涩，这责任是应该由那些批评和注释者来担负，而不是应该归罪于梵乐希自己的。他相当少数的诗，都被沉没在无穷尽的注解之中，正如他的先师马拉美所遭遇到的一样。而正如马拉美一样，他的所谓晦涩都是由那些各执一辞的批评者们而来的。正如他的一位传记家所讽刺地说的那样："如果从梵乐希先生的作品所引起的大批不同的文章看来，那么梵乐希先生的作品就是一个原子了。他自己也这样说：'人们所写的关于我的文章，至少比我自己所写的多一千倍。'"

关于那些反对他的批评者的意见，我们在这里也讨论不了那么多，例如《纯诗》的作者勃雷蒙说他是"强作诗人"，批评家路梭称他为"空虚的诗人"，而一般人又说他的诗产量贫乏等等；而但尼思·梭雷又攻击他以智识破坏灵感。其实梵乐希并没有否定灵感，只是他主张灵感须由智识统制而已。他说："第一句诗是上帝所赐的，第二句却要诗人自己去找出来。"在他的诗中，的确是有不少"迷人之句"使许多诗人们艳羡的；至于说到他的诗产量"贫乏"呢，我们可以说，以少量诗而获得巨大的声名的，在法国诗坛也颇有先例，例如波德莱尔，马拉美和韩波就都如此。

这位罕有的诗人对于思想和情性的流露都操纵有度，而在他的《手册》，《方法》，《片断》和《罗盘方位》等书中的零零碎碎的哲学和道德的意见，我们是不能加以误解的。那些意见和他的信条是符合的，那就是：正如写诗一样，思索也是一种辛勤而苦心的方法；正如一句诗一样，一个思想也必须小心地推敲出来的。"就其本性说来，思想是没有风格的"，他这样说。即使思想是已经明确了的，但总还须经过推敲而陈述出来，而不可仅仅随便地录出来。梵乐希是一位在写作之前或在写作的当时，肯花工夫去思想的诗人。而他的批评性和客观性的方法，是带着一种新艺术的表记的。

然而，在说这话的时候，我们的意思并不就是排斥那一任自然流露，情绪突发的诗，如像超自然主义那一派一样。梵乐希和超自然主义派，都各有其所长，也各有其所短，这是显然的事实。

梵乐希已逝世了，然而梵乐希在法国文学中所已树立了的纪念碑，将是不可磨灭的。

载《南方文丛》第一辑，一九四五年八月

悼杜莱塞

美联社十二月二十九日电：七十四岁高龄的美名作家杜莱塞，已于本日患心脏病逝世。

这个简单的电文，带着悲怅，哀悼，给与了全世界爱好自由，民主，进步的人。世界上一位最伟大而且是最勇敢的自由的斗士，已经离开了我们，去作永恒的安息了，然而他的思想，他的行动，却永远存留着，作为我们的先导，我们的典范。

杜莱塞于一八七一年生于美国印第安那州之高地，少时从事新闻事业，而从这条邻近的路，他走上了文学的路。他的文学生活是在一九〇〇年顷开始的。最初出版的两部长篇小说《加里的周围》和《珍尼·葛拉特》使他立刻闻名于文坛，而且确立了他的新现实主义的倾向。

他以后的著作，就是朝着这个方向走过去的，他抓住了现实，而把这现实无情地摊陈在我们前面。《财政家》如此，《巨人》如此，《天才》也如此，像爱米尔·左拉一样，他完全以旁观者的态度去参加生存的悲剧。天使或是魔鬼，仁善或是刁恶，在他看来都是一样的文献，一样的材料，他冷静地把他们活生生地描画下来，而一点也不参加他自己的一点主观。从这一点上，他是左拉一个大弟子。

他的写实主义不仅仅只是表面的发展，却深深地推到心理上去。他是心理和精神崩溃之研究的专家，而《天才》就是在这一方面的他的杰作。

在《天才》之后，他休息了几年，接着他在一九二五年出版了他的《一个美国的悲剧》。这部书，追踪着雨果和陀斯托也夫斯基，他对于犯罪者作了一个深刻的研究。忠实于他的方法，杜莱塞把书中的主人公格里斐士的犯罪心理从萌芽，长成，发展，像我们拆开一架机器似的，一件件地分析出来。到了这部小说，从艺术方面来说，杜莱塞已达到了它们的顶点了。

然而，杜莱塞真能够清清楚楚地看到美国社会的罪恶，腐败，而无动于衷吗？作为一个真正的艺术家，对于这一切肮脏，黑暗，他会不起正义的感觉而起来和它们战斗吗？他所崇拜的法国大小说家左拉，不是也终于加入到社会主义的集团，从象牙之塔走到十字街头吗？

是的，杜莱塞是一个有正义感的艺术家，他之所以没有立刻成为一个战士，是为了时机还没有成熟。

这时，一个新的世界吸引了他：社会主义的苏联。在一九二八年，他到苏联去旅行。他看见了。他知道了。他看到了和资本主义的腐败相反的进步，他知道了人类憧憬着的理想是终于可以实现。从苏联回来之后，他出版了他的《杜莱塞看苏联》，而对于苏联表示着他的深切的同情。苏联的旅行在他的心头印了一种深刻的印象，因而在他的态度上，也起了一个重要的变化。

从这个时候起，他已不再是一个冷静的旁观者，一个明知道黑暗，腐败，罪恶而漠然无动于衷的人了。新的世界已给了他以启示，指示了他的道路，他已深知道单单观察，并且把他所观察到的写出来是不够，他需要行动，需要用他艺术家的力量去打倒这些黑暗，腐败，和罪恶了。

在一九三〇年，他就公开拥护苏联，公开地反对帝国主义者对苏联的进攻，从那个时候起，苏联已成为他的理想国。他说："我反对和苏联的任何冲突，不论那冲突是从哪方面来的。"在一九三一年，这位伟大的作家更显明了他的革命的岗位。他不仅仅把自己限制于对于时局的反应上，却在行动上参加了劳动阶级的斗争。他组织了一个委员会，去揭发出在资本主义的美国，劳动者们所处的地位是怎样地令人不能忍受。他细心地分析美国，研究美国的官方报告，经济状况，国家的统计，预算，并且亲自去作种种的实际调查。经过了长期的研究，调查，分析，他便写成了一部在美国文学史上空前，在他个人的文艺生活中也是特有伟大的作品:《悲剧的美国》，而把它掷到那自在自满的美国资产者们的脸上去。

杜莱塞的这部新著作，可以说是他的巨著《一个美国的悲剧》的续编。在这部书中，杜莱塞矫正了他的过去，他在一九二五年所写的那部小说是写一个美国中产阶级者的个人的悲剧，在那部书中，杜莱塞还是以为资本主义的大厦是不可动摇的。可是在这部新著中呢，美国资本主义的机构是在一个新的光亮之下显出来了。杜莱塞用着无数的事实和统计数字做武器，用着大艺术家的尖锐和把握做武器，把美国的所谓"民主"的资产阶级和社会法西斯的面具，无情地撕了下来。

这部书出版以后，资本主义的美国的惊惶是不言而喻的了。他受到了各方面的猛烈的攻击，他被一些人视为洪水猛兽，然而，他却得到了更广大的人，奋斗着而进步着的人们的深深的同情，爱护。

从这个时候起，他已成为一个进步的世界的斗士了。他参加美国的革命运动，他为《工人日报》经常不断地撰稿，他亲自推动并担任"保卫政治犯委员会"的主席，他和危害人类的法西斯主义作着生死的战斗。西班牙之受法西斯危害，中国之被日本侵略，他都起来仗义发言，向全世界呼吁起来打倒法西斯主义。

从这一切看来，杜莱塞之走到社会主义的路上去，决不是偶然的事，果然，在他逝世之前不久，他以七十四的高龄加入了美国共产党，据他自己说，他之所以毅然加入共产党，是因为西班牙大画家比加索和法国大诗人阿拉贡之加入法国共产党，而受到了深深的感动，亦是为了深为近年来共产党在全世界反法西斯斗争中的英勇业绩所鼓舞。在他写给美国共产党首领福斯特的信中，他说："对于人类的伟大与尊敬的信心，早已成就了我生活与工作的逻辑，它引导我加入了美国共产党。"然而，我们如果从他的思想行动看来，这是必然的结果，即使他没有加入共产党，他也早已是一个共产党了。

然而在这毅然的举动之后不久，这个伟大的人便离开了我们。杜莱塞逝世了，然而杜莱塞的精神却永存在我们之间。

载《新生日报·文协》第四期，一九四六年一月七日

航海日记

　　一九三二年十月八日，戴望舒乘达特安号邮船赴法游学，海上航行一个月，十一月八日到达法国。戴望舒航海期间在活页练习簿上写下了一本日记，现根据手稿收入本书。标题参考《戴望舒全集》。

　　"Journal Sentimental"

　　Excuse moí, jel'ailu,

　　（jelatroure dans da table

　　cammune, grand hasard! ）

　　je l'inlìtrule ainsi, tu

　　serais contene.[①]

---

　　① 大意如下："对不起，我读了这本日记（那完全是一个偶然的机会，我在一张公用桌子里发现了它！）我就把它取名为《感伤日记》，我想你会满意的。"

一九三二年十月八日

今天终于要走了。早上六点钟就醒来。绛年很伤心。我们互相要说的话实在太多了，但是结果除了互相安慰之外，竟没有说了什么话。我真想哭一回。

从振华到码头。送行者有施老伯，蛰存，杜衡，时英，秋原夫妇，呐鸥，王，瑛姊，黄，及绛年。父亲和黄没有上船来。我们在船上请王替我们摄影。

最难堪的时候是船快开的时候。绛年哭了。我在船舷上，丢下了一张字条去，说："绛，不要哭。"那张字条随风落到江里去，绛年赶上去已来不及了。看见她这样奔跑着的时候，我几乎忍不住我的眼泪了。船开了。我回到舱里。在船掉好了头开出去的时候，我又跑到甲板上去，想不到送行的人还在那里，我又看见了一次绛年，一直到看不见她的红绒衫和白手帕的时候才回舱。

房舱是第 327 号，同舱三人，都是学生。周焕南方大学，赵沛霖中法大学，刁士衡燕大研究院。

饭菜并不好，但是有酒，而且够吃，那就是了。

饭后把绛年给我的项圈戴上了。这算是我的心愿的证物：永远爱她，永远系念着她。

躺在舱里，一个人寂寞极了。以前，我是想到法国去三四年的。昨天，我已答应绛年最多去两年了。现在，我真懊悔有到法国去那种痴念头了。为了什么呢，远远地离开了所爱的人。如果可能的话，我真想回去了。常常在所爱的人，父母，好友身边活一世的人，可不是最幸福的人吗？

吃点心前睡着了一会儿，这几天真累极了。

今天有一件使人生气的事，便是被码头的流氓骗去了 100 法郎。

一九三二年十月九日

上午在甲板上晒太阳，看海水，和同船人谈话。同船的中国人竟没有一个人能说得上法语的。下午译了一点 Ayala①，又到甲板上去，度寂寞的时候。晚间隔壁舱中一个商人何华携 Port wine② 来共饮，和同舱人闲谈到十点多才睡。

---

① 西班牙作家阿耶拉。
② 葡萄酒。

一九三二年十月十日

照常是单调的生活。译了一点儿 Ayala。下午写信给绛年，家，蛰存，瑛姊，因为明天可以到香港了。

晚上睡得很迟，因为想看看香港的夜景，但是只看见黑茫茫的海。

一九三二年十月十一日

船在早晨六时许到香港，靠在香港对面的九龙码头。第一次看见香港。屋子都筑在山上，晨气中远远望去，像是一个魔法师的大堡寨。我们一行十一人上岸登渡头到香港去，把昨天所写的信寄了，然后乘人力车到先施公司去，在先施公司走了一转，什么也没有买，和林、周二人先归。船上饭已吃过，交涉也无效，和林、周三人饮酒嚼饼干果腹。醉饱之后，独自上码头在九龙车站附近散步。遇见到里昂去的卓君，招待他上船，又请他给我买了一张帆布床。以后呢，上船到甲板上走走，在舱里坐坐而已。

船下午六时开，上船的人很多。有一广东少女很

Charming①，是到西贡去的。她说在上海住过四年，能说几句法文，又说她舱中只她一人（她的舱就在我们隔壁）。我看她有点不稳，大约不是娼妓就是舞女。

船开后便有风浪，同舱的赵沛霖大吐特吐，只得跑出来。洗了一个澡就到甲板上去闲坐。一直坐到十点多才睡。

一九三二年十月十二日

下午，那 Cantanaise② 来闲谈了。她要打电报，我给她把电报译成了号码陪她去打，可是她要拍电去的堤南是没有电报局的，只得回下来。她要我到西贡时送她上汽车，我也答应了。她姓陈名若兰。在她舱里看她的时候，她穿着一件 Pyjama③，颈上挂着一条白金项链，真是可爱。四点钟光景，她迁住二等 25 号去。

夜晚前后，那 Cantanaise 在三等舱中造成一个 Sensation④，一个广东青年来找我，问我她是否（是）我们

---

① 迷人的，漂亮的。

② 广东人。

③ 睡衣。

④ 轰动。

Sister[①]，Louis Rolle[②]则向我断定她是一个娼妓，一次二元就够了；一个安南少年来对我说，他常在香港歌台舞榭间看见她，大约不是正经人，而且她还没有护照。同舟中国人常向我开玩笑，好像我已和她有了什么关系似的。真是岂有此理。

临睡之前到甲板上去散步，碰到我们对面舱中的那个法国军官。他从上海到香港包了一个法国娼妓（洋五十元也）。那娼妓在香港下去了。他似乎性欲发得忍不住了，问我有没有法子 couder avec[③] 那几个公使小姐。我对他说那是公使小姐，花钱也没有办法的，他却说 on peut trouver le moijer tont de maine[④]。小姐们没有男子陪着旅行，我想，真是危险。这三位小姐不知道会不会吃亏呢。

Ayala 还没有译下去，因为饭堂里又热又闷，简直坐不住。真令人心焦。

---

① 妹妹。

② 露易丝·罗伊。

③ 与……睡觉。

④ 大意为"最后终究会想出办法来的"。

一九三二年十月十三日

那广东少年姓邓，他今日来找了我好多次，要我陪着他去看陈若兰，大约他看出自己信用不好，找我去做幌子。我陪他去了两次。譬如那 Cantanaise 已有丈夫了。我想她大概是一个外室吧。她要到堤岸去。堤岸叫做 Cholon[①]，故昨日电报没有打通，那广东少年很热心，让他去送她吧。

一九三二年十月十四日

起来写信给绛年，蛰存，家。午时便到西贡了。乘船人凑起钱来，请我做总办去玩。验护照后即下船，步行至 jardin botanigue[②] 去，看了一回，乘洋车返船，真累极了。吃过点心后，和同船人到 marché[③] 去玩，一点也没意思。在归途中遇见那广东少年。他把通信处告诉我，并约我六时去。他的通讯处是 Photo Ideal，74，Boulevard

---

① 地名，多隆。
② 植物园。
③ 市场。

Bonvard[1]。

　吃过午饭，即乘车去找他。和他及 Photo Ideal[2] 的老板 Nhu[3] 一同出去。他们还未吃饭，遂先上饭馆。饭后，即到旅馆中去转了一转，我和 Nhu 则在街上等他。Nhu 对我说，邓的父亲稍有几个钱，所以他只是游浪，不务正业，他们是在巴黎认识的，白相朋友而已。邓出来后，我们决定去跳舞，但因时间太早，故先到咖啡店中去坐了一回。十点多钟，跟他们出发去找舞伴，因为西贡是没有舞伴的。我们乘车到了一家安南人的家里。那人家只有三个女人在那里，据说男人已出门做生意了。安南人家的布置很特别，我们所去的一家已经有点欧化了。等那三位安南小姐梳妆好之后，便一同乘车至 Dancing Majestic[4]。那是西贡最上等的舞场，进去要出门票。音乐很好，又有歌舞女歌舞，感觉尚不坏。可是我很累，很少跳。到二点多钟，始返。他们要我住到那三位小姐家里去，我没有去。那三位安南小姐的名字是 Alice Tniu，

——————————

① 博纳乐大街 74 号理想照相馆。
② 理想照相馆。
③ 倪。
④ 豪华舞厅。

Jeanne Duong, Le Hong[1]，舞艺以 Alice 为最佳。

一九三二年十月十五日

起身后和同船人一同出去，预备到 Cholon 去玩，我先去兑钱，中途失散了，找他们不着，便一个人在路上闲逛。寄了信，喝了一瓶啤酒，即回船。他们都在船中了。他们与车夫闹了起来，不会说话，不认识路，只得回来。午饭后，再与他们一同出发到 Cholon 去。先到 marché，乘电车往。Cholon 是广东人群住之处。我们在那儿逛了一回之后，到一家叫太湖楼的酒家喝茶，听歌，吃点心。返西贡后，至 Photo Ideal 去了一趟，辞了邓的约会。到 marché 去买一顶白遮阳帽，天忽大雨，等雨停了才乘车返舟。

西贡天气很热，又常下雨，真糟糕。第一次饮椰子浆。

一九三二年十月十六日

一直睡到吃午饭的时候。午饭后，在船上走来走去，

---

① 艾丽斯·蒂厄，让娜·黛昂，莱昂。

而已。

夜饭后和林华上岸去喝啤酒，回来即睡。船就要在明晨四时开了。

一九三二年十月十七日

起来时船已在大海中航行了。一种莫名其妙的悲哀捉住了我。我真多么想着家，想着绛年啊。带来的牛肉干已经坏了，只好丢在海里。绛年给我的Sunkist^①幸亏吃得快，然而已经烂了两个了。

今天整天为乡愁所困，什么事也没有做。

下午起了风浪，同舱中人，除我以外，都晕了。

在西贡花了许多钱，想想真不该。以后当节省。

一九三二年十月十八日

下午译了一点 Ayala。四点半举行救生演习，不过带上救命筏到甲板上去点了一次名而已。吃过晚饭后又苦苦地想着绛年，开船时的那种景象又来到我眼前了。

---

① 此词误写，可能是 Sunket，一种糕饼。

明天就要到新加坡，把给绛年，蛰存，家，瑛姊的信都写好了。

一九三二年十月十九日

上午九时光景到了新加坡，船靠岸的时候有许多本地土人操着小舟来讨钱，如果我们把钱丢下水去，他们就跃入水中去拿起来，百不失一。其中一老人技尤精，他能一边吸雪茄，一边跳入水去。上岸后里昂大学的学生们都乘车去逛了。我和林二人步行去寄信，在马路上走了一圈，喝了两瓶桔子汁，买了一份报回来。觉得新加坡比西贡干净得多。

在码头上买了一粒月光石，预备送给绛年。

船在下午三时启碇，据说明天可以到槟榔。

在香港换的美国现洋大上当，只值二十法郎，有的地方竟还不要，而钞票却值到二十五法郎以上。

同舱的刁士衡对我说，他燕大的同学戴维清已把蛰存的《鸠摩罗什》译成英文，预备到美国去发表。

一九三二年十月二十日

船在下午八时抵槟榔（Penang）。上岸后，与同舱人雇一汽车先在大街上巡游，继乃赴中国庙，沿途棕林高耸，热带之星灿然，风景绝佳，至则庙门已闭，且无灯火，听泉声蛙鸣，废然而返。至春满楼，乃下车。春满楼也，槟城之大世界也。吾侪购票入，有土戏，有广东戏，并亦有京戏。我侪巡绕一周并饮桔子水少许后，即出门，绕大街，游新公市（所谓新公市者，赌场而已），市水果，步行返舟。每人所费者仅七法郎。

一九三二年十月二十一日

睡时船已开，盖在今晨六时启碇者也。

译了点 Ayala，余时闲坐闲谈而已。

一九三二年十月二十二日

寂寞得要哭出来，整天发呆而已。

一九三二年十月二十三日

Nostalgie，nostalgie！ ①

一九三二年十月二十四日

上午译了一点儿 Ayala。下午船中报告，云有飓风将至，将窗户都关上了，闷得要命。实际上却一点儿风浪都没有。睡得很早，因为明天一早就要到 Colombo② 了。

一九三二年十月二十五日

吃过早饭后，船已进 Colombo 的港口。去验了护照，匆匆地把给绛年和家里的信写好了，然后上岸去。因为船是泊在港中而不靠岸，而公司的船又已开了，乃以五法郎雇汽船到岸上去。在岸上遇到了同船的诸人，和他们同雇了汽车在 Colombo 各地巡游，到的地方有维多利亚公园，佛教庙（庙中神像雕得很好，惜已欧化了，我

---

① 乡愁，乡愁！
② 地名，科伦坡。

们进去的时候须脱鞋），Zoo[1]，Museum[2]，无非走马看花而已。回来时寄三信，已不及到船上吃饭，就在埠头上一家 Restaurant[3] 中吃了。饭后在大街中走了一会儿，独自去喝啤酒。回船休息了一会儿，又到岸上去闲逛，独吃了一个椰子浆，走了一圈，才回船。船在九时开。

一九三二年十月二十六～三十日

五天以来没有什么可记的，度着寂寞的时光罢了。印度洋上本来是多风浪的，这次却十分平静，正像航行在内河中一样。海上除大海一望无际外，什么也看不见，只偶然有几点飞鱼和像飞鱼似的海燕绕着船飞翔而已。

一九三二年十月三十一日

昨夜肚疼，今晨已愈，以后饮食当要小心。

下午四时船中有跑马会，掷升官图一类的玩艺儿而已。

---

[1] 动物园。

[2] 博物馆。

[3] 餐馆。

晚饭后，看眉月，看繁星，看银河。写信给绛年，蛰存，家。

明天可以到 Djiboutī^① 了。

在船中理发。

一九三二年十一月一日

上午十一时到吉布堤。船并不靠码头。我们吃了中饭后，乘小船（每人二 franc^②）登岸。从码头走到邮政局，寄了信，即在路上闲走。吉布堤是我们沿路见到的最坏的地方。天气热极，房屋都好像已坍败，路上积着泥，除了跟住我们不肯走的土人外，简直见不到人。我们到土人住的地方去走了一走，被臭气熏了回来，那里脏极了，人兽杂处，而土人满不在乎。有一土人说要领我们去看黑女裸舞，因路远未去，即返舟。

下午四时，船即启碇。

夜间九时船中有跳舞会，我很累，未去。

---

① 地名，吉布堤。
② 法国货币，法郎。

一九三二年十一月二日

天气很热，不敢做事，整天在甲板上。

一九三二年十一月三日

晚上船中开化装舞会，我也去参加，觉得很无兴趣，只舞了一次，很早就回来睡了。

一九三二年十一月四日

下午船上有抽签得彩之戏，去看看而已。

一九三二年十一月五日

七时抵 Suez[①]，船并不靠岸，上岸去的人简直可以说一个也没有。有许多小贩来卖土货，还有照照片的。我买了一顶土耳其帽，就戴了这帽子照了一张照片。

---

① 运河名，苏伊士。

船在二时许赴 Port Said[1]，在 Suez 运河中徐徐航行，两岸漠漠黄沙，弥望无限。上午所写的给绛年，家的信，是在船中发的。

一九三二年十一月六日

上午五时许醒来，船已到 Port Said 了。七时起身吃了点心就乘小汽船上岸（13franc），因为船还是不靠岸。

波塞是一个小地方，但却很热闹，我们上岸后就在大街上东走西看，觉得这地方除了春画可以公开卖和人口混乱外，毫无一点特点。我们在街上足足走了三小时。在书店中买了一册 Vn[2] 回来。吃了中饭后到甲板上去看小贩售物，买了两包埃及烟。

船在四时三刻启碇入地中海。

天气突然凉起来，大家都换夹衣了。

---

① 地名，赛得港。

② 书名，《事实和理由》。

一九三二年十一月七日

今日微有风浪，下午想译 Ayala，因头晕未果。睡得很早。

一九三二年十一月八日

依然整天没有事做。晚饭后拟好了电报稿，准备到巴黎时发。

林泉居日记

　　这是戴望舒的一本日记,直行,毛笔书写,内封有"第三本"字样,无年份,记七、八、九三个月的事。从日记内容来看,当是一九四一年。其时戴望舒在香港,担任《星岛日报》《星座》副刊编辑,家居薄扶林道的 WOOD BROOK,一般人称"木屋",戴望舒自译为"林泉居"。戴望舒夫人穆丽娟于一九四一年冬至后已携女儿朵朵(咏素)回到上海。友人徐迟与夫人陈松、沈仲章暂寓戴望舒家中。现根据手稿将日记编入本书,标题参考《戴望舒全集》,文中个别错字也作了订正。

七月二十九日　晴

　　丽娟又给了我一个快乐:我今天又收到了她的一封信。她告诉我她收到我送她的生日蛋糕很高兴,朵朵也很快乐，一起点蜡烛吃蛋糕。我想象中看到了这一幕，而我也感到快乐了。信上其余的事，我大概已从陈松那儿知道了。

今天徐迟请他的朋友，来了许多人，把头都闹胀了。自然，什么事也没有做成。上午又向秋原预支了百元。是秋原垫出来的。

三十日　晴

上午龙龙来读法文。下午出去替丽娟买了一件衣料，价八元七角，预备放在衣箱中寄给她。又买了一本英文字典、五枝笔，也是给丽娟的。又买了两部西班牙文法，价六元，是预备给胡好读西班牙文用的。不知会不会偷鸡不着蚀把米？到报馆里去的时候，就把书送了给胡好，并约定自下月开始读。

晚间写信给丽娟，劝她搬到前楼去，不知她肯听否？明天可以领薪水，可以把她八月份的钱汇出，只是汇费高得可怕，前几天已对水拍谈过，叫他设法去免费汇吧。

药吃了也没有多大好处。我知道我的病源是什么。如果丽娟回来了，我会立刻健康的。

三十一日　下午雨

今天是月底，上午到报馆去领薪水，出来后便到兑换店换了六百元国币。五百元是给丽娟八月份用，一百元是还瑛姊的。中午水拍来吃饭，便把五百元交给他，因为他汇可以不出汇费。但是他对我说，现在行员汇款是有限制的，是否能汇出五百元还不知道，但也许可以托同事的名义去汇，现在去试试看，如果不能全汇，则把余数交给我。

今天是报馆上海人聚餐的日子，约好先到九龙城一个尼庵去游泳，然后到侯王庙对面去吃饭。午饭后就带了游泳具到报馆去，等人齐了一同去。可是天忽然大雨起来，下个不停，于是决定不去游泳了。五时雨霁，便会同出发，渡海到九龙，乘车赴侯王庙，可是一下公共汽车，天又下雨了。没有法子，只好冒雨走到侯王庙，弄得浑身都湿了。菜还不错，吃完已八时许，雨也停了。出来到深水埔吃雪糕，然后步行到深水埔码头回香港。在等船的时候，灵凤和光宇为了漫画协会的事口角起来，连周新也牵了进去，弄得大家都不开心。正宇和我为他们解劝。到了香港后，又和光宇弟兄和灵凤等四人在一家小店里饮冰，总算把一场误会说明白了。返家即睡。

八月一日　晴

　　早上报上看见香港政府冻结华人资金，并禁止汇款，看了急得不得了。不知丽娟的钱可以汇得出否？急急跑到水拍处去问，可是他却不在，再跑到上海银行去问，停止汇款是否事实，上海汇款通否？银行却说暂时不收。这使我急得像热锅上的蚂蚁，真不知道怎样才好。回来想想，这种办法大概是行不通的，上海有多少人是靠着香港的汇款的，过几天一定有改变的办法出来。心也就放了下来。

　　下午到中华百货公司买了一套玩具，是一套小型的咖啡具，价三元九角五，预备装在箱中寄到上海去。她看见也许会高兴吧。她要我买点好东西给她玩，而我这穷爸爸却买了这点不值钱的东西（一套小火车要六十余元！），想了也感伤起来了。

　　昨夜又梦见了丽娟一次。不知什么道理，她总是穿着染血的新娘衣的。这是我的血，丽娟，把这件衣服脱下来吧！

八月二日　晴　晚间雨

早晨又到中国银行去找袁水拍。他说：一般的个人汇款，现在已可以汇了，可是数目很小，每月一千五百元国币，商业汇款还不汇，我交给他的五百元还没有汇出，大概至多汇出一部分。再过一两月给我回音。托人家办事，只好听人家说，催也没用。出来后到上海银行，再去问一问汇款的事。行中人说的话和水拍一样，可是汇费却高得惊人，每国币百元须汇费港币四元九角，即合国币三十余元。还只是平汇，这样说来，五百元的汇费就须一百五十一元，电汇就须一百八十元了，这如何是好！接着就叫旅行社到家中取箱子，可是他们却回答我说，现在箱子已不收了。这是什么道理呢？我说，你们大概弄错了吧，前几星期我也来问过，你们说可以寄的。他们却回答说，从前是可以的，现在却不收了。真是糟糕，什么都碰鼻子，闷然而返。

下午到邮局时收了丽娟的一封信，使我比较高兴了一点。信中附着一张照片，就是我在陈松那里看到过的那张，我居然也得到一张了！从报馆出来后，就去中华百货公司起了一个漂亮的镜框，放在案头。现在，我床头，墙上，五斗橱上，案头，都有了丽娟和朵朵的照片了。我在照片的包围之中过度想象的幸福生活。幸福吗？我真不知道这是幸福还是苦痛！

一件事忘记了，从中国银行出来后，我到秋原处去转了转，因为他昨天叫徐迟带条子来叫我去一次，说有事和我谈。事情是这样的：天主堂需要一个临时的改稿子的人，略有报酬，他便介绍了我。我自然答应了下来，多点收入也好。事情说完了之后……就走了出来。

三日　雨

上午到天主堂去找师神父，从他那儿取了两部要改的稿子来。报酬是以字数计的，但不知如何算法，也不好意思问。晚间写信给丽娟，告诉她汇款的困难问题，以及箱子不能寄，关于汇款，我向她提出了一个办法，就是叫她每两月到香港来取款一次。但我想她一定不愿意，她一定以为我想骗她到香港来。

四日　晴

陆志庠对我说想吃酒，便约他今晚到家里来对酌。这几天，我感到难堪的苦闷，也可以借酒来排遣一下。下午六时买了酒和罐头食品回来，陆志庠已在家等着了。接着就喝将起来。两人差不多把一大瓶五加皮喝完，他醉了，由徐迟送他回去。我仍旧很清醒，但却止不住自己的感情，大哭了一场，把一件衬衫也揩湿了。陈松阿四以为我真醉了，这倒也好，否则倒不好意思。

徐迟从水拍那里带了三百元来还我，说没有法子汇，其余的二百元呢，他无论如何给我汇出。这三百元如何办呢？到上海银行去，我身边的钱不够汇费。没有办法的时候，到十一二号领到稿费时电汇吧，汇费纵然大也只得硬着头皮汇了！

今天下午二时许，许地山突然去世了。他的身体是一向很好的，我前几天也还在路上碰到他，真是想不到！听说是心脏病，连医生也来不及请。这样死倒也好，比我活着受人世最大的苦好得多了。我那包小小的药还静静地藏着，恐怕总有那一天吧。

八月五日　晴

上午又写了一封信给丽娟，又把六七两月的日记寄了给她。我本来是想留着在几年之后才给她看的，但是想想这也许能帮助她使她更了解我一点，所以就寄了给她，不知她看了作何感想。两个月的生活思想等等，大致都记在那儿了，我是什么也不瞒她的，我为什么不使她知道我每日的生活呢？

中午许地山大殓，到他家里去吊唁了一次。大家都显着悲哀的神情，也为之不欢。世界上的人真奇怪，都以为死是可悲的，却不知生也许更为可悲。我从死里出来，我现在生着，唯有我对于这两者能作一个比较。

六日 晴

前些日子，胡好交了一本稿子给我，要我给他改。这是一个名叫白虹的舞女写的，写她如何出来当舞女的事。我不感兴趣，也没有工夫改，因此搁下来了。后来徐迟拿去看，说很好，又去给水拍看，也说好。今天他们二人联名写了一封信，要我交给胡好，转给那舞女，想找她谈谈。这真是怪事了。但我知道他们并不是对女人发生兴趣，他们是想知道她的生活，目的是为了写文章。我把信交给胡好，胡好说，那舞女已到重庆去了。这可使徐迟他们要失望了吧。

好几天没有收到丽娟的信了。又苦苦地想起她来，今夜又要失眠了。

七日　晴

昨天龙龙来读法文的时候对我说，她父亲说，大夏大学决定搬到香港来（一部分），要请我教国文。所以今天吃过饭之后，我便去找周尚，问问他到底如何情形。他说，大夏在香港先只开一班，大学一年级，没有法文，所以要请我教国文。可是薪水也不多，是按钟点计算的，每小时二元，每星期五小时，这就是说每月只有四十元，而且还要改卷子。这样看来，这个事情也没有什么好，我是否接受还不能一定，等将来再看吧。

今天阴历是闰六月十五，后天是丽娟再度生日，应该再打一个电报去祝贺她。

八日　晴

吃中饭的时候，徐迟带了一个袁水拍的条子来，说二百元还不能汇，但是他在上海有一点存款，可以划二百元给丽娟，他一面已写信给他在上海的朋友，一面叫我写信告诉丽娟。我收到条子后，就立刻写信给丽娟，告诉她取款的办法。

饭后去寄信的时候，使我意外高兴的，是收到了一封丽娟的信，告诉我她已搬到了中一村，朵朵生病，时彦生活改变，又叫我买二张马票。真是使人不安。朵朵到了上海后常常生病，而她在香港时却是十分康健的。我想还是让朵朵住到香港来好吧。时彦也很使我担忧。穆家的希望是寄在他身上，而现在他却像丽娟所说的"要变第二个时英了"！这十年之中，穆家这个好好的家庭会变成这个样子，真是使人意想不到的。财产上的窘急倒还是小事，名誉上的损失却更巨大。后一代的人，几乎没有一个例外，都过着向下的生活，先是时英时杰，现在是丽娟时彦，这难道是命运吗？岳母在世发神经时所说"鬼寻着"的话，也许不是无因的……关于时彦，我想一方面是环境的不好，另一方面丽娟的事也是使他受了刺激的。在上海的时候，我就看见他为了丽娟的事而失眠。他想想一切都弄得这样了，好好做人的勇气自然也失去了。

但愿时彦和丽娟两个人都回头吧！他们是穆家唯一有点希望的人！

现在已二时，今天恐怕又要睡不好了。

九日　晴

早上九点钟光景，徐迟来叫醒了我说陈松昨夜失窃了！她把一共五十元光景的钱分放在两个皮匣里，藏在抽斗中，可是忘记把抽斗锁上了。偷儿从窗中爬进来，把这钱取了去。时候一定是在半夜四时许，因为我在三时还没有睡着。后来沈仲章上来说，贼的确是四点钟光景来的。他听见狗叫声，马师奶也听见狗叫声而起来，看见一个人影子闪过。奇怪的是贼胆子竟如此大，奇怪的是徐迟夫妇会睡得这样熟，奇怪的是我住到这里那样长又没有失窃过，而陈松来了不久就被窃了。这也是命运吧。陈松很懊丧，因为她所有的钱都在那里了。徐迟去报了差馆。差馆派了人来问了一下。可是这钱是没有找回来的希望了。

今天打了一个贺电给丽娟，贺她今年再度的生日。

晚间马师奶请吃夜饭，有散缪尔等人。马师奶说，巴尔富约我们明天到他家里去吃茶。我又有好久没有看见他了，可是实在怕走那条山路。

十日　晴

今天是星期日，上午到报馆里去办了公，下午便空出来了。吃过午饭之后，我提议到浅水湾去游泳，因为陈松自从失了钱以来，整天愁着，这样可以忘掉。于是大家决意先到浅水湾，然后到巴尔富家去吃点心。决定了便立即动身到油麻地坐公共汽车去。在公共汽车上遇到了许多人，乔木、夏衍等等，他们也是去游泳的，便一起出发。浅水湾的水还是很脏，水面上满是树枝和树叶，可是我们仍然在那里玩了长久，因为熟人多的原故，连时光的过去也不觉得了。出水后已五时许，坐了一下后，即动身到巴尔富家去。

在走上山坡的时候，我忽然想起丽娟和朵朵来，去年或是前年的有一天下午，我们一同踏着这条路走上去过，其情景正像现在的徐迟夫妇和徐律一样。但是这幸福的时候离开我已那么远那么远了！在走上这山坡的时候，丽娟，你知道我是带着怎样的惆怅想着你啊！到了山顶的时候，巴尔富和马师奶已等了我们长久了，于是围坐下来饮茶吃点心，并随便闲谈，一直谈到天快晚的时候才下山来。下山来却坐不到公共汽车，每辆车子都是客满，没办法了，只好拔脚走，一直走到快到香港仔的时候，才拦到了一辆巴士，坐着回来。匆匆吃了夜饭就上床，因为实在疲倦极了。

十一日　晴

上午到报馆去领稿费，出来随即把丽娟的三百元交上海银行汇出去，恐怕她又等得很急了吧。汇费是十七元七角四分港币，真是太大了，上次汇五百元的时候，我觉得十七元余的汇费已太大，不料这次汇三百元都要十七元余。如果再加，如何能负担呢？

银行里出来后，又到跑马会去买了三张马票，两张是要寄给丽娟的，一张留着给自己。希望中奖吧！

上午屠金曾对我说，上海同人今天下午到丽池去游泳，叫我也去，所以下午也到报馆去，可是光宇、灵凤等又不想去了。屠氏兄弟周新等以为他们失信，心中不太高兴，便仍旧拉着我去。在丽池游了三小时光景，我觉得已比从前游得进步一点了。在那里吃了点心回来。

十二日　晴

上午写信给丽娟，并把两张马票附寄给她。在信中，我把我收到她的信的那一天的思想告诉她。……这个天真的人，我希望她一生都在天真之中！我要永远偏护她，不让她沾了恶名。她不了解我也好，我总照着我自己做，我深信是唯一能爱她而了解她，唯一为她的幸福打算的人，等她年纪再大一点的时候，等她从迷梦中清醒过来的时候，她总有一天会知道我的。

身边还余五十余元，交了三十五元给阿四，叫她明天把丽娟去沪时的当赎出来。

十三日　晴

早上阿四把丽娟所典质的东西取了回来，一个翡翠佩针，一个美金和朵朵的一个戒指。见物思人，我又坠入梦想中了。这两个我一生最宝爱的人，我什么时候能够再看见她们啊！在想到无可奈何的时候，我的心总感到像被抓一样地收紧起来。想她们而不能看见她们，拥她们在怀里，这是多么痛苦的事啊！我总得设法到上海去看她们一次，就是冒什么大的危险也是甘愿的！现在还有什么东西使我害怕呢？死亡也经过了，比死更难受的生活也天天过着。我一定得设法去看她们。

晚间到文化协会去讲小说研究，因为是七点半开始的，所以没有吃饭，九时许回家的时候，袁水拍在这里，便和他以及徐迟夫妇到大公司去，他们吃茶我吃饭，回来不久就睡。

十四日　晴

徐迟这人真莫名其妙，对陈松一会儿好，一会儿坏，对朋友也是这样。现在，他自己觉得是前进了，脾气也越来越古怪了。我看到他一张纸，写着说，以后要只和"朋友"来往，即日设法搬到朋友附近去住。所谓"朋友"是指那些所谓"前进"的人，即夏衍，郁风，乔木，水拍等。如果他要搬，我也决不留他，反正他们住在这里我也便宜不了多少。他们管饭以来，菜总是不够吃的。丽娟，你什么时候能够回来啊！

饭间复陆侃如夫妇和吴晓铃的信，又把他们在《俗文学》的稿费寄给他们。

十五日　晴

上午到邮政局去，出于意外地，收到了丽娟在本月七日所发的信。我以前写信请她搬到前楼去，她回信却说宁可省一点钱，将就住在亭子间里。其实这点钱何必省呢？也许因住得不好而生病，反而多花钱。再说，我已答应多的房钱由我来出的。她说她身体不好，轻了六磅，这也是使我不安心的，我真希望她能回到香港来，让我可以好好地服侍她，为她调理。她劝我不要到上海去，看看照片也是一样。唉，哪里能够一样！信上有一句话使我很以为惊喜，即就是她说"也许我过了几天已在香港也说不定"。也许真会有这样的事吧！于是我想到她没有入口证，上海也不能领，就是要来也来不成的，于是在抽斗里找出了她的两张照片，饭后去讨了领证纸，填好了又去找胡好作保，然后送到旅行社请他们去代领。这次是领的两年的，七元，这样可以用得时间长一点。旅行社说现在领证颇多困难，能否领得犹未可知。出来的时候，颇有点担心，可是总不至于会有什么大困难吧。

出了旅行社又回报馆去，因为今天是十五，是报馆上海同人茶叙的日子。今天约在丽池，既可以饮茶，又可以游泳。发好稿子后，便和他们一同出发去。游泳的仅有周新屠金曾糜文焕和我四人，其余的都坐着吃茶点看看。在那里玩了三时光景，然后回家来。今日领薪。

十六日　晴

昨天收到了丽娟那封信，高兴了一整天，今天也还是高兴着。丽娟到底是一个有一颗那么好的心的人。在她的信上，她是那么体贴我，她处处都为我着想，谁说她不是爱着我呢？一切都是我自己不好，都是我以前没有充分地爱她——或不如说没有把我对于她的爱充分地表示出来。也许她的一切行为都是对我的试验，试验我是否真爱她，而当她认为我的确是如我向她表示的那样，她就会回来了（但是我所表示的只是小小的一部分罢了，我对于她感情深到怎样一种程度，是怎样也不能完全表示的）。正像她是注定应该幸福的一样。我的将来也一定是幸福的，我只要耐心一点等着就是了。这样，我为什么常常要想起那种暗黑的思想呢？这样，在我毁灭自己的时候，我不是犯了大错误吗？我为什么要藏着那包药？这样一想，我对于那包药感到了恐怖，好像它会跳进我口中来似的，我好像我会在糊涂时吞下它去似的。这样，我立刻把这包小小的东西投在便桶中，把它消灭了，好像消灭了一个要陷害我的人一样。而这样心理十分舒泰起来。是的，我将是幸福的，我只要等着就是了。

　　心里虽则高兴，却又想起丽娟在上海一定很寂寞。我怎样能解她的寂寞呢？叫别人去陪她玩，总要看别人的高兴。周黎庵处我已写了好几封信去，瑛姊、陈慧华等处也曾写了信去，不知她们会不会常常去找找她，以解她的寂寞呢？咳，只要我能在上海就好了。

154　　　　　　　　夜　莺

十七日　晴

晚间写信复丽娟，并把赎当等事告诉她。她来信要我写信给周黎庵，要他教书，所以我又写了一封信给黎庵。不过报酬如何算呢？我们已麻烦他的太多了，这次不能再去花他许多时间。可是信上也不能如何说，还是让丽娟自己去探听他一声吧。

我平常总是五点钟回家后就工作着的，每逢星期六、日，徐迟夫妇要出去的时候，我总感到一种无名的寂寞之感。今天又是星期日，可是吃完晚饭，天忽然下起雨来。这样，徐迟夫妇不出去了，我也能安心地工作写信了。

今天去付了房租。又把母亲的六十元封好了，准备明天去寄。

下午遇见正宇，说翁瑞吾要回上海去。现在忽然想起，给丽娟的衣料等物何不请他带去？他可以交给孙大雨，由丽娟去拿。明日去找他，托托他吧。

十八日　晴

下午带了一包要带到上海去的东西去找翁瑞吾，可是他已经出去了。便把东西留在那儿，并托正宇太太对瑞吾说一声。我想他总答应带的吧。好在东西不多，占不了多少地方。

晚间马师奶请她的三个女学生吃饭，叫沈仲章何迅和我三人做陪客。一个是姓何的，名叫 geitunde，两个姓余的，是姊妹，一叫 maguatt，一忘掉。三个人话很多，说个不停，一直说到十一点光景才走。姓何的约我们大家在下下星期日到赤柱去钓鱼野宴并游水，她在赤柱有一个游泳棚，可以消磨一整天。

十九日　晴

一吃完中饭就去找翁瑞吾，他正在午睡。醒来后，他对我说，他明天就要去上海了，东西可以代为带去，这使我放了一个心。我请他把东西放在大雨家里，让丽娟去拿。然后道谢而出，回家写信告诉丽娟。

从报馆回来的时候，在邮局中取到一封丽娟的信。那是八月十一日发的，还没有收到我的钱，可是却收到了我的日记。我之寄日记把她看，是为了她可以更充分一点地了解我，不想她反而对我生气了。早知如此，我何必让她看呢？她说她的寂寞我是从来也没有想到过，这其实是不然的。我现在哪一天不想到她，哪一个时辰不想到她。倒是她没有想到我是如何寂寞，如何悲哀。我所去的地方都是因为有事情去的，我哪里有心思玩。就是存心去解解闷也反而更引起想她。而她却不想到我。

她来信说周黎庵已经在教她读书了。这很好。我前天刚写出了给黎庵的信，不知现在报酬如何算法？丽娟信上说，书已上了几天，但她已吃不消了。她是不大有长性的，希望她这次能好好地读吧。

二十日　晴

今天是文化协会上课的日子，我还一点也没有预先预备，一直等下午报馆回来后才临时预备了一下。上课的时候，居然给我敷衍了两小时。上完了课，已九时半，肚子饿得要命，一个人到加拿大去吃了一顿西餐，一瓶啤酒。吃过饭坐三号Ａ，一直坐到摩星岭下车，然后一个人慢慢地踱回家来。这孤独的散步不但不能给我一点乐趣，反而使我格外苦痛。没有月亮的黑黝黝的天，使我想起了那可怕的梦，想起了许多可怕的事。我想到梁蕙在西贡给日本人杀害了（这是我第一次想起她），想到我睡在墓穴里，想到丽娟穿着染血的嫁衣。……一直到回家后才心定一点。

二十一日　晴

从报馆回来的时候，又收到了一封丽娟的信，告诉我电汇的三百元已收到了，但是水拍划的那二百元却没有提起，我想不久总会收到的吧。

她说她也赞成一月来港取钱一次的办法，但是她却很害怕旅行。她说她也许今年年底或明年年初能到香港来一次。这是多么可喜的消息啊！丽娟，我是多么盼望你到香港来。我哪里会强留你住？虽则我是多么愿意永远和你在一起，但是如果这是你所不愿意，我是一定顺你的意去做的。……这一点你难道到现在也还不明白啊？

她叫我把箱子在八月底九月初带到上海去，可是陶亢德沈仲章现在都不走，托谁带去好呢？小东西倒还可以能转辗托人，这样大的箱子别人哪里肯带呢？

二十二日　晴

下午中国旅行社打电话来，说丽娟的二年入口证已领到了，便即去拿来。

这几天真忙极了，除了天主教的耶稣传，《星座》上的长篇外，还要赶天主堂托我改的稿子，弄得一点空儿也没有，连丽娟的信也没有回，真是要命。今天的日记也只得寥寥几行了。

二十三日　雨

下午灵凤找我吃茶，拿出新总编辑给他的信来给我看。那是一封解职的信，叫他编到本月底，就不必编下去了。陈沧波来时灵凤是最起劲招待的，而且又有潘公展给他在陈沧波面前打招呼的信，想不到竟会拿他来开刀。他要我到胡好那儿去讲，我答应了，立刻就去，可是胡好不在。于是约好明天早晨和光宇一起再去找他。

今天徐迟在漫协开留声机片音乐会，并有朗诵诗。我本来就不想去，刚好马师奶来请吃夜饭，便下楼去了。客人是勃脱兰和山缪儿。谈至十一时，上楼改译稿。睡已二时。

二十四日　阴

叶灵凤昨天约我今天早晨到他家里，会同了光宇一同到报馆里去找胡好，所以我今天很早就起来，谁知到了灵凤家里，灵凤还没有起身，等他以及光宇都起来一起到报馆的时候，已经快十一点钟了。我和光宇先去找胡好。胡好在那里，说到灵凤的事的时候，胡好说陈沧波说灵凤懒，而且常常弄错，所以调他。但是胡好说，他并不是要开除他，只是调编别一栏而已。这是陈沧波和胡好不同之处。这里等到一个答复后，便去告诉灵凤，他也安心了。可是陈沧波的这种行为，却激起了馆中同事的公愤。他的目的，无非是要用私人而已。恐怕他自己也不会长久了吧。

下午很早就回来，发现抽斗被人翻过了。原来是陈松翻的。我问她找什么，她不说，只是叫我走开，让她翻过了再告诉我，我便让她去翻，因为除了梁蕙的那三封信以外，可以算作秘密的东西就没有了。我当时忽然想到，也许她收到了丽娟的信，在查那一包药吧。可是这包药早已在好几天之前丢在便桶里了。等她查完而一无所获的时候，我盘问了她许久她才说出来，果然是奉命搜查那包药的。我对她说已经丢了，不知道她相信否？她好像是丽娟派来的监督人，好在我事无不可对人言，也没有什么对不起人的地方，随便她怎样去对丽娟说是了。

晚间灵凤请吃饭，没有几样菜，人倒请了十二个，像抢野羹饭似地吃了一顿回来。又赶校天主堂的稿子。

二十五日　雨

午饭后把校好的稿子送到天主堂去，可是出于意外地，只收到了十元的报酬，而我却是花了五个晚上工夫，真是太不值得了。下次一定不干了。

报馆里回来的时候，陈松对我说，想请我教法文。我真不知道她读了法文有什么用处，可是我也不便把这意思说出来。丽娟曾劝我要把脾气改得和气一点，所以我虽则已没有什么时间了，却终于硬着头皮答应下来，而且即日起教她。龙龙每星期要白花我三小时光景，而现在她又每天要白花我半小时，这样下去，我的时间要给人白花完了！陈松相当地笨，发音老教不好，丽娟要比她聪明得多呢。

二十六日　雨

今天感到十分地疲劳，头又胀痛得很，晚饭后写信给丽娟，并把入口证寄给她。现在，我感到剧烈的头痛，连日记也不想多写了。

二十七日　晴

今天头痛已好了一点，但是仍感疲倦。大约是这几天工作的时间太多了吧。为此之故，我上午一点事也没有做，可以得到一点休息。但是实际上这一点点的休息又有什么用呢？

徐迟回来午饭的时候带了一封秋原的信来，附着一张法文的合同。这是全增嘏的一个律师朋友托译的，说愿意出一点报酬。我想赚一点外快也好，在夜饭后就试着译。可是这东西不容易译，花了许多时间只译了一点点，而头却又痛起来，就决计不去译它，请徐迟带还秋原去。

收到大雨的信，要我代寄一封信给重庆任泰，可是信是分三封寄来的，要等三封齐了之后才可以代他寄出去。

今天又到文化协会去讲了一小时许诗歌。

二十八日　晴

中饭菜不够吃，我饭吃得很少，到报馆办公完毕，肚子饿得厉害，便一个人到美利坚去吃点心，快吃完的时候，报馆的同事贾纳夫跑到我座位上来，原来他在我后面，我起先没有看见。他便和我闲谈起叶灵凤的事来。后来，他忽然对我说，他最近有一个朋友经过香港回上海去，是丽娟的朋友，在我这次到上海去时和我见过，这次本来想来找我，可是因为时间匆促，所以没有来。这真奇怪极了！我在上海除了极熟的朋友外，简直就一个人也没有遇到过。更奇怪的是贾纳夫说这些话时候的态度，吞吞吐吐地好像有什么秘密在里面似的，好像带着一点嘲笑口吻似的。我立刻疑心到，这人也许就是姓 × 的那个家伙吧。他到内地去鬼混了一次，口称是为了她去吃苦谋自立，可是终于女人包厌了，趣味也没有了，以为家里可以原谅他仍旧给他钱用，便又回到上海去。我猜这一定是他，又不知他在贾纳夫面前夸了什么口，怎样污辱了她的名誉。我便立刻问贾纳夫这人叫什么名字，他又吞吞吐吐了半天，才说是姓梁叫月什么的（显然是临时造出来的）。我说我不认识这个人，也没有见过这个人。他强笑着说，也许你忘记了。这样说着，推说报馆里还有事，他就匆匆地走了。

这真使我生气！……我真不相信这人会真真爱过什么人。这种丑恶习惯中养成的人，这种连读书也读不好的人，这种不习上进单靠祖宗吃饭的人，他有资格爱任何女人吗？他会有诚意爱任何女人吗？他自己所招认的事就是一个明证。他可以对一个女人说，我从前过着荒唐的生活，但是那是因为我没有碰到一个爱我而我又爱她的女人，现在呢，我已找到我灵魂的寄托，我做人也要完全改变了。有经验的女人自然不会相信这种鬼话，但是老实的女人都会受了他的欺骗，心里想：这真是一个多情的人，他一切的荒唐生活都是可以原谅的，第一，因为他没有遇到一个真心爱他的人，其次，他是要改悔成为一个好人，真心地永远地爱着我，而和我过着幸福的生活了。真是多么傻的女人！她不知道这类似的话已对别的女人不知说过多么遍了！如果他那一天吃茶出来碰到的是另一个傻女人，他也就对那另一个傻女人说了！女人真是脆弱易欺的。几句温柔的话，一点虚爱的表示，一点陪买东西的耐心，几套小戏法，几元请客送礼的钱，几句对于容貌服饰的赞词，一套自我牺牲与别人不了解等的老套，一篇忏悔词，如此而已。而老实的女人就心鼓胀起来了，以为被人真心地爱着而真心地去爱他了。这一切，这就叫爱吗？这是对于"爱"这一个字的侮辱。如果这样是叫做爱，我宁可说我没有爱过。

二十九日　晴

下午到报馆去的时候，屠金曾对我说，陈沧波已带了一个编"中国与世界"栏的人来，又不要灵凤发稿了。我以为灵凤的事已结束了，谁知道还是有花样。问题是如此：要看灵凤自己意思如何，如果他可以放弃这一栏而编其他栏，那么就让开，反正胡好已答应不停他的职。如果他决定要编"中国与世界"栏呢，我们也可以硬做。于是便和馆中上海人一齐到中华阁仔去谈论这事。灵凤的主见没有一定，又想仍编这一栏，又怕闹起来位置不保。于是决定今天由他自己再和胡好去相商一次然后再作计较。

饮茶出来，在邮局中收到了丽娟十九日写的信，说水拍划的二百元已收到了。她这封信好像是在发脾气的时候写的。我不知道她为什么又生气，难道我前次信上说让朵朵到香港来，她听了不高兴了吗？她也是很爱朵朵的，她不知道朵朵在港身体可以好一点，读书问题也可以解决了吗？

三十日　晴

小丁来吃中饭。他刚从仰光回来不久，所以我约他再来吃夜饭谈谈。我叫阿四买一只鸡，又买牛肉，徐迟买酒及点心，他自己也带一样菜来。这样一凑，菜酒就不错了。他七时就来，先吃茶点，然后饮酒吃饭，谈谈说说，讲讲笑话，也是乐事，所可惜者，丽娟不在耳。饭后余兴未尽，由小丁请我们到大公司饮冰，十二时许始返。

三十一日　晴

早上睡得正好，沈仲章来唤醒了我。原来今天是何姑娘约定到赤柱去钓鱼的日子，我却早已忘记了。匆匆洗脸早餐毕，马师奶何迅已等了长久了。便一起出发到何家去。何家相当富丽堂皇，原来她是何东的侄女。到了那里，她也等了长久了。余家姊妹不在，说是直接到赤柱了，却另加了赵氏姊妹二人，都是何的表姊。一行七人到码头乘公共汽车去赤柱，何虽则已带了大批食物，沿途又还买了水果等物。到了赤柱，就到她家的游水棚，不久玛格莱特·何也来了，可是她姊姊却没有来。于是除了仲章和马师奶外，大家都下去游水。在这些人之中，我是游得最坏，而且海边石子太多，把我的脚也割破了，浸了一会儿，就独自上岸来和马师奶闲谈。等他们上来，就一同冷餐。冷餐甚丰。饭后躺在榻上小睡一会儿，又下海去游了一下，这时她们坐着小船去叫钓鱼船，叫来后，大家一齐上船。唯有何、余和何迅三人不坐船，跟着船游出去，游了一里多路。船到海中停下来，吃了点心然后钓鱼。钓鱼不用竿子，只用一根线，以虾为饵。起初我钓不着，后来却接连钓到了三条，仲章钓到了一条河豚鱼，因为有毒，弄死了丢下水去。差不多大家都钓到，一共有二十几条，各种各类都有，可惜都不大。其间我曾跳到水中去游了几分钟。那地方水深五十余尺，可是他们都是游水好手，又有船去，所以我敢跳下去，可是一跳下去就怕起来，所以不久就上来了。马师奶也跳下去的，我以为她是不会游的，哪知她游得很好。八时许才回到游水棚，天已黑了。我因为报馆要聚餐，所以不在棚中晚饭，独自先行，可是脱了九点一刻的公共汽车，而且也赶不及聚餐了（在九龙桂园），只好再回游水棚去吃饭。饭后在沙滩上星光下闲谈，余小姐老提出傻问题来问我，如写诗灵感哪里来的之类。乘末班车归，即睡。整天虚度了！

九月一日　晴

馆中遇屠金曾，说昨日叙餐未到者，除我外尚有光宇兄弟二人，大众决议，要双倍罚款。

馆中出来在邮局收到丽娟八月二十五日写的信。告诉我朵朵病已好了，胖了点，她自己也重了三磅，这使我多么高兴而安慰。她告诉我国文已不再读了，只读英文。这真太没长性了。读英文没有什么大用处，黎庵也不见得教得好，还是仍旧读国文的好。她的国文程度，从写信上看来，已有了一点进步，写字也写得好一点，有了这样的根基，再用一点功一定会大有进步的。读英文她却很少有希望，根底实在太差了。要能够看看普通的书并说几句，恐非三五年不行，她那里会有这样的耐心呢？

二日　晴

上午写信复丽娟，并问她认不认识贾纳夫所说的那个姓梁的人。看她如何回答我吧。到邮局去寄信的时候，看见有人在用挂号信封保险寄钱到上海，便问局中人是否可寄。局中人说香港可以，上海方面不很清楚。便又去问柳存仁，存仁说，听说上海限一千五百元，到底如何不大清楚，至多退回来，不会收没的。这样，我决计将这月的钱用挂号寄去了，可以省许多汇费，明天向报馆去预支薪水吧。（昨夜梦丽娟）

三日　晴

上午从报馆中借了六十元薪金，预备凑起现在所有的一起寄给丽娟，房金用稿费付。这样就没有问题了。

下午收到了蛰存的信。他很关心我的事。他只听得我和丽娟有裂痕的话，以为她现在得到了遗产，迷恋上海繁华（如果他知道真情，他不知要作何感想呢？）。他劝我早点叫她回来，或索性放弃了。别人都这样劝我，他也如此。……我也不是不明白这种道理，但是我却爱她，我知道她在世界上是孤苦零丁，没有一个真心对她的人。对于我，对于她这两方面说，我不能让她离开我；再说，还有我们的朵朵呢？说起朵朵，我又想到了她的教育问题。今天午饭的时候，徐迟陈松商量把徐律送到圣司提反幼稚园去，我想到朵朵在上海过寂寞的生活，不能受教育，觉得很感伤……

晚饭后去文化协会讲诗歌，回来后和沈仲章陈松出去吃宵夜。

四日　晴

上午去换了六百元国币，合港币一百〇二元。回来写信给她（即穆丽娟——参考《戴望舒全集》），告诉她钱明天寄出。我又向她提议，请她最好能回香港来。如果她能来，我当每月至少给她百元零用。其实，如果她能回来，我有什么不愿意给她呢？我有什么事不愿为她做呢？又收黎庵信，云或将即来香港。

张君干约我下午去游泳，便和他一同到丽池去。在那里游泳，谈心并在海里划船。出来已八时许，他请我在新世界吃饭，又请我到皇后看电影，返已十二时许。

五日　晴

上午写信给丽娟，告诉她六百元分二封保险信寄，叫她收到与否均打电报给我。可是下午到邮局去寄的时候，出乎我意外的，邮局说国币不收了，说是刚从昨天起收到上海邮局的通知才这样办的。我很懊丧，但也庆幸着，因为这金钱如果昨天寄了，丽娟是一定收不到了。

就在邮局中把上午写的信上加了几句，说钱改明天寄出，寄港币百元，因为港币是可以寄的。当即将钱又换港币。

晚饭后去访亢德和林臧庐。在他们那儿坐了一时光景。亢德说月底光景回上海去，我就说想托他带箱子，可是他不大愿意，我也就不说下去了。臧庐送了我一部《战地钟声》。回来后又写信给丽娟，告诉她寄港币百元，这几天在报馆中听到上海将被封锁的消息，便在信上告诉了她，劝她早点来港，以免受难。

六日　晴

一早就去寄保险信，谁知今天是公共假期，寄不出，明天又是星期日，只得等到星期一。丽娟收到这笔钱，一定将在二十号左右了，奈何！

下午复了蛰存的信，请他多写文稿来。关于丽娟的事，我对他说我不愿多说（因为他问我详情如何），以及我相信她会回来的。

陈松法文进步了不少，只是读音读不好，照这样学下去四个月可以说法文了。龙龙甚懒，教了从不读，我也不太高兴教她了。

七日　晴

　　报馆出来后，在拔佳门口看看皮鞋，因为我的白皮鞋已有点破，而且也将不能穿了，先看一看，将来可以买，不意陈福愉正买了皮鞋出来，便拉我去他所住的思豪酒店去闲谈。他已进了星岛，所谈无非星岛的事。出来即乘车返，可是在车上遇到灵凤一家老小，他们是到大公司去饮冰的，邀我同去，便跟着他们一同去，饮冰后即返家工作。

八日　晴

　　一早就到邮政局把丽娟八月份的港币一百元保险寄出，心里舒服了不少，可是她收到一定要在二十号光景了。她一定要着急好几天了。为什么要让她着急呢，想着想着，我又不安起来了。以后还是多花一点汇费电汇给她吧。

　　从报馆里回来的时候，在邮箱里收到丽娟的九月一日发的信。她告诉我带去的衣料已收到，可惜今年已不能穿了。她说那件衣料她很喜欢。只要她能喜欢，我心里就高兴了。她叫我买两件呢衣料，当时我就到各衣料店陈列窗去看，可是因为香港天气还热，秋天的衣料还没有陈列出来，只得空手回来。回来时徐迟夫妇已去吃马国亮双胞胎的满月酒去了，想到丽娟信上叫我吃得好一点，趁他们出去吃饭，便吩咐阿四杀了一只鸡，一个人大吃一顿。说来也可笑，这算是听丽娟的话吧。

九日　晴

上午复了丽娟的信。报馆回来之后，忽然想起，我为什么不自己出版一点书赚钱呢？我有许多存稿可以出版，例如《苏联文学史话》，例如《西班牙抗战谣曲选》都是可以卖钱的，为什么不自己来出版呢？至少，稿费是赚得出来的，或再退一步说，印刷成本总不会蚀去的。所麻烦的只是发行问题。于是吃过夜饭后，便去找盛舜商量。他现在做大众生活社的经理，发行是有办法的。他一口答应给我发行，而且说一千本是毫无问题的，便很高兴地回来。现在，问题是在一笔印刷费。可是这也不成问题，星马可以欠账印。从明天起，我该把文学史话的稿子加以整理了。

十日 晴

今天从早晨九时起，一直到晚间二时止，整天地把《苏联文学史话》用原文校译着，只有在下午到报馆里去了一次。

报馆里出来的时候，我去配了一副眼镜，因为原来的一副已不够深，而且太小了。一共是九元，付了五元定洋，后天就可以取了。

十一日 晴

上午仍旧校读《史话》，校到下午三时，校毕。到报馆去的时候，就把稿子交给印刷部排。现在，这部稿子还缺两个附录。找到时再补排就是了。

我的还有一部可卖钱的稿子《西班牙抗战谣曲选》是在刘火子那里。可是他的微光出版部现在既已不办，我便可以向他索回来了。当时我曾支过版税国币一百元，合到港币也无几，将来可以还他的。问题是在于他现在肯不肯先把稿子还我。工毕之后，我便打电话约他到中华阁仔饮茶，和他商量这件事。他居然说可以，而且答应后天把稿子还给我。

附　录

西班牙的一小时

[西班牙] 阿索林

学院会员诸君：

让我的第一句话是——它应该是——铭感之辞吧。我诚心地感谢诸君的愿意的选举。诸君代表着西班牙文学的传统，我也曾谨慎地企图为这传统尽力。在我所敬爱的诸君之间，我觉得自己被朋友们所环绕着。劳动者对于他的职业的爱，便是在一件不论是"自由的"或"机械的"业务中最关紧要的东西。不论我们所做的工作是什么，大的或是小的，主要的事是带着一种热烈的感情去做它。一个寒伧的铺子里的低微的劳动者，恋慕着他自己的艺术，在热心地操作着，是和他所成就的东西无关地，应得像一位最有名的艺术家一样地受人尊敬的。诸君爱我们本国的文学，诸君知道语言的美和纯粹，诸君一心专注于艺术的问题。在诸君之间，我怎样会不感到满意呢？在西班牙的诸小镇上，我曾经时常看着那些在自己的作坊里的铁，木，和羊毛的工匠。在近代的世界中，细巧而有耐心的手工艺是在很快地消灭下去了。但是在那些小镇的作坊中，我却赏识着那些匠人的爱，小心和感心的忍耐。那劳动者的全家分担着他的操作是常有的事。而那作坊的这样亲切的氛围气，是和全镇的传统的氛围气合而为一的。传统，从父亲到儿子，形成了这些行业，慢慢地创造了又积起了那些运用它们的材料的技术，习惯和秘诀。而我这个旁观者所期望于文学的匠人者，便是这些卑微的劳动者的品性，这种传统的氛围气，这种工作的热忱。文学的工作应该是忍耐和爱。在现时的转瞬即逝而又有点轻浮的玩味之间，诸君呈示着美学的理想的赓续，诸君呈示着对于精神的果实的尊崇。它们也在我们这一个圈子之外，被我们大家都佩服的诸作者所呈示着。这种密接的集合把各种出身的人都联系在一起。那位我所继任的学会会员，是从政治的圈子里来的。

黄·纳伐罗·雷佛尔戴尔爷也是一位政治家，又是一位熟识世情的人。我现在还能够看见他——那是我最后一次看见他——在一所世俗的客厅中。顾长，温文，尔雅，他是在涂蜡的地板上跨着小步子蹀着。周遭是宽大的。那是在海滨。一片微语的喃喃声充塞了这宽敞的房间。在那些绅士们之间来来往往走动着的，是那些美丽而风雅的贵妇们。黄·纳伐罗·雷佛尔戴尔爷，微笑着，向一位美丽的夫人致礼。这位绅士的嘴唇带着那种献殷勤是一种本能的人的永远的微笑。他的头发是雪白的；在他那样的年纪，对于那些疏忽的青年，他觉得自己是长辈，而不甚计较了。黄爷殷勤地鞠躬，把那漂亮的贵妇的一只手握在自己手里。他把它留在他的手里，他是在轻轻地抚着它。同时，他微笑着，又说着话。谈话艺术是一种烦难的艺术。黄·纳伐罗·雷佛尔戴尔爷是一位谙练而巧妙的谈话者。他生活得很多。他当过四五次大臣。他周游过世界。在他的旅行中，他作着观察而把它们集成一部书。在他的干燥的财政研究的余暇，他讽诵诗歌以自娱。对于一位诗人，他的一个同时代人，他著了另一部书。但是黄爷并不自诩博学，亦不矜夸懂得文学艺术的奥秘。轻松地，有味地，他是在和那在他面前的爱娇的贵妇谈话。一片微语的喃喃声充塞了那个客厅。大海的空气从大窗子间流了进来。时间滑过去，平寂地。而在这个时候，在这个生活的时候，面着大海，临着它的青色辽夐，在长天的青色之下，心神是飘越的了。我们抛开了我们的现实的环境。就在这尘世的纷纭中间，就在这轻浮的欢快的旋涡中间，心神是飘越了。眼前的世界消隐了。一时松卸了现实的东西，想象便飞举起来了。我们是在哪里？那无边的大海所暗示给我们的是什么？我们是在二十世纪的西班牙呢，还是在以前的一个世纪的？时间是什么，永恒又是什么？永恒！音乐的声音在起坐室中响起来了，一曲贝多芬的奏鸣曲。人们是像影子的影子一样。他们在世界上浮现了一时，便又消隐了。在永恒中，从时间之外的一点上看起来（如果我们可以这样说），我们，二十世纪的人，和例如十六世纪的人，是同样的一件东西。从未来溯望上来，我们的四世纪以前的祖先，是将和我们被一律看待的。他们的奋斗和我们的奋斗是同样的。这里，在落日中，临着大海，摆脱了尘世的倥偬，我们觉得自己是在十六世纪的人们身旁。客厅中的贵妇们和绅士们都消隐了。现在已在历史上埋没了的另一些生物是回来了。那造成了这奇迹的是时间和永恒的思想。在精神的眼前第一个涌现的是什么呢？戏正要开场了。舞台的幕——在历史的舞台上——慢慢地往上升，停顿着，我们是在一五六〇年呢，还是在一五七〇年，还是在一五九〇年？我们现在生活着的，是西班牙的一小时。我们在西班牙的生命中生活一小时，用着我们的想象，在这落日中，临着那大海的辽复。

老　人

我们第一个看见的，便是在一间房里的一位年老的人。那间房是在一所灰色石头的大厦中。在那大厦的长而平直的正面，我们看见几百扇小窗子。在晴朗的日子，天在它的澄碧中呈着鲜明之色。那些穹窿形的屋顶差不多是黑色的。岩燕和家燕安静地，不停地，在那些高塔周围绕圈子。那几百扇小窗通光线给许多的房间，卧室，客厅和走廊。足音在石穹窿之下跫然响着。在这风景中的每件东西，都向这巨大的建筑物集中。小山是严肃的。披在山上的树林，黑黝黝地耸立着。从凛然的青翠中突出来的那些岩石，有的是非常地尖，有的是可惊地圆。在这风景中的一切——色彩和线条——都可以增加这巨大的建筑的坚实和力量。而在天涯，在东南西北四方，伸展着一片浩漫而强大的帝国，密接着那大厦，那大厦中的小小的狭窄的房间。在世界的一切的路上，在海上，在平原上，在山上，无数的人们都在奔走着。那些正走向大厦去的人们和觐见过那所大厦回来的人们。而在那象征这种使人战栗的专制的建筑物之上，在这平静而清朗的黄昏时分，燕子是正在环着塔转圈子，又送出它们的细小的尖锐的呼声来。

那老人是在他自己的房里。小门关闭着。许多觐见者和仆人在各房间和各走廊穿走着。从一个院子到别一个院子，从这一条走廊到别一条走廊，从这一间厅堂到别一间厅堂，群众挤来挤去地在探听消息。群众愈稀，则脚步愈缓，人声愈静。一长列一长列的大房间留下了那些觐见者。而在那老人的房间之前的厅堂中，绅士们和仆人们是没有几个。小门关闭着，那老人是坐在一张铺着深红色的台布的桌子前面。书籍和文件都堆积在桌子上。一个小小的银铃在红色的台布上闪着光。那老人一时停止看那在他手头的文件。他把肘子靠在椅子的扶手上，用手托着腮。他的脸儿是苍白的。他的胡须是雪白的。而在他的眼睛中——鲜蓝色的眼睛——我们看到了一种深沉的忧郁。那老人休息着，默想着。烦忧使他消极了。各种的不幸，痛心，厄运，好像都联合了起来压迫他。在房间里，面对着桌子，在一个神龛上，站着一个小小的圣处女的雕像。五十年中，这个神像自始至终到处伴着这老人。一小时一小时地，一年一年地，这位圣处女看见了他一切的动作，听到了他的每一句话。这年老的人抬起了他的脸，把脸亲密地热忱地向那神像凑过去。在这老人的周围，"死"已逐渐地把他所最爱的一切东西都带走了。亲属，朋友，忠仆都一个个地不见了。

"他所很爱的一切人们的死，他几乎全看见，父母，儿女们，妻子们，婴人们，大臣们，和很重要的仆人们"——说到这老人的时候，巴尔达沙尔·保尔雷纽这样说——"他的所有物上的各种大损失，这一切打击和忧患，他都用那使世界惊讶的同样的灵魂来忍受着。"不久之前，人们来把一个最忠诚的仆人的死耗报告这老人。这位把脸儿凑在那神像上的老人，从他的坐位上站了起来。在他的胸前，那由一条细银链系挂着的金制的小羔羊，在丝绒的黑色长袍上闪着光。那老人站了起来，走到那神像前面去跪了下来。他用一方细致的手帕拭着从眼里掉下来的眼泪。突然，那扇小门开了，一个绅士在门槛上现身出来。那老人吃了一惊，很快地怫然而起。那绅士不能动弹地，拘束地在门口站着，脸色变得非常苍白了。那老人也站着，不能动弹，脸色苍白。他的眼睛老是凝看着那个门口的绅士。那绅士不敢动一动。于是慢慢地，那个老人——他的手稍稍有点发抖！慢慢地，那个老人说出这些话来："倍拿维代思，你到阿维拉的屋子里去寻寻快乐吧。"那绅士深深地鞠了一个躬，走了出去。房门便去关闭着了。

宫廷中人

　　可怜的臣仆的生活是一种艰苦的生活。宫中的院落，走廊和各房间，是充满了臣仆和侍从。他们迅速而小心地到处走动着。在朝房中，在悠长的等候的时间，他们低声谈着话或是默不作声。他们很疲倦，而当他们站立着又没有地方可以坐的时候，他们先支身在一条腿上，接着又撑身在另一条腿上。为了散心，他们视而无所睹地望着窗外，或是凝视着一幅他们曾经看见过一千次的图画。每一个人都有自己的特别的任务，又骄傲着自己的权力，有些人站在通到房间或街路去的门口；有些人是掌管面，酒，水瓶，和灯的；还有些人得照料御驾的游幸。更里边的那些人都忍受着无数仪节的繁缛。那些可怜的臣仆的生活是一种烦长的苦难。他们常常要仰承主公的心境。如果主公微笑，他们便高声大笑；如果主公有点忧愁，他们便装作呜咽。这些可怜的人们的留意是一刻也不敢放宽的。一切事情都必须依照一种复杂的仪式做去。就是一件小小的东西，也必须慢慢地，郑重地，从这双手递到那双手；而又同样慎重地从那一双手递到更远的一双手。终于那也有点疲倦了的国王，带着一种庄严的烦躁，把那或许在那时竟已用不到了的东西，

夜　莺

接到了他的手里。

在所有的门口都有侍候的绅士们。有几个有不除去他们的帽子的特权，有几个却没有戴帽子站立着的权利，有几个有走在国王前面的资格，有几个却必须走在后面。恩宠的最小的增加，也是被人热狂地接受着的。如果国王，或出于无心，或出于客气，叫一个臣仆戴上了帽子，则那臣仆必急忙向君主感谢这个施之于他的大恩典。这事见于"爱尔拿尼"，亦见于"加尔西亚·代尔·加斯达涅尔"。那些可怜的宫廷中人是没有休息的。国王没有了他的侍臣是什么事也不能做。在洛倍的喜剧《如果他们没有看见过女人！》的第一出第九场中，一位皇帝带领了一大群廷臣，内宫掌管，家宰，厨司，出去行猎。剧中有一个角色说：

> 大人，请看看那些
> 跟着一位国王
> 只去娱乐一日的人吧！

克里斯多巴尔·德·加斯谛列词在他的《宫廷生活的对话及谈论》中，讲着那些国王身边的人们的艰苦。御驾的游幸是麻烦到无以复加的。有时候，御驾必须停留在村庄上和小镇中。不是每一个人都有住处。有的时候他们驾车在路上走，"十五个人在一辆雇来的马车里"堆挤着。到了村庄，他们被安顿在"草堆里和壁角里"，而且不论在镇上或是在旅途中，他们必须常常准备，注力，留意。而他们又必须：

> 听到了司阍的呼嚷
> 听到了唤铃的响声
> 从大厅到小教堂
> 不住地前行。

虔　信

那老人离开了他的房间，走到花园里去。他左手拿着一串念珠，他不时用右手摸着那插在他腰带间的一些文件。在花园里，他停止了。他站着，默看着风景。臣仆们不动地在稍远的地方站立着。那老人祈祷着又默想着。黄昏在慢慢地爬上来了。生命是短促而脆弱的。这里的一切东西都表示坚固，耐久：宏大的建筑物，坚强而朦胧的群山，结实而浓密的树木。对于任何默想的人，世界上的一切东西都带了生命的转瞬即逝之思来。一片微风，一缕病人的呼吸，一壶水，都足以把死带来给我们。死亡在整个宇宙中不停地起着作用。那位在花园中，对着一片风景，手里拿着念珠的老人，祈祷着又默想着。他的眼睛茫然地凝望着远处。在这展望中的一切东西，都意示着势力和权能。而一切东西都是固执地，不休止地向虚灭前进着的。在几世纪过去了之后，这浩大而可畏的西班牙帝国，将剩下些什么东西呢？而世界上的一切的国家，在几千几千年，几千几千世纪的时序中，它们的命运是什么呢？夕暮在它的美丽中降下来了。跟着时间，无量的时间的消逝，世界上一切的国家将被倾覆了，扫荡了，像在黄昏中环着高塔急绕着的那些燕子一样轻，一样快。几年之后，一位僧人将写一篇关于刹那和永恒的论文。世界要灭亡，而定了罪的灵魂的苦痛是不死的。自从在世界的肇始时第一个人被定了罪以来，经过了一个个的变迁，一个个的世纪，在他却毫无变迁，一个帝国转到别一个帝国，而在他却只是一个极短的时间。亚述人在世界上过去了，而在那亡魂却并没有改变。"最后整个权力和君权都转到美第亚人手里，全亚细亚都骚动了，虽然他们支持了三百年，他们却终于完结了，而又转到了波斯人手里。后来当世界又混乱了一次的时候，便又转到了希腊人手里。后来又转到罗马人手里，那是一个更大一点的变迁；罗马人的君权也倾覆了，而在这一切世界的转转和变迁中，对于那个不幸的灵魂却什么也没有改变过。什么也没有消逝过。"一切东西都是向虚灭前进着的。如果我们能够一时向时间之外远望过去，察看那普遍的崩解的工作，则我们就可以在一个可怕的旋涡中，在火焰和灰雾之间，看见了建筑物的废墟，雕像的残片，破碎的宝座，节杖，骸骨，锦缎，珍贝，摇篮，棺椁……并看见在十分的混乱中向永恒混沌地前进着的一切。那老人默想着又祈祷着。他对着那片风景一动也不动地站着。突然，他做了一个轻微的手势。一个臣仆恭敬地走过来了。那老人，用一种柔和的口气，传谕道："对倍拿维代思说，他不必离开我了。"

知道秘密的人

每天傍晚，在黄昏的时候，这位绅士从他自己的屋子里出来。他是很年老了。屋子是被树木围绕着的。整个春天和夏天，屋顶是看不见的，因为被绿叶所遮断了。从屋子前面的路上，你可以远远地看见那城市，从它自己的黑色的城垣中浮现出来。而在它的大厦，圆屋顶和钟楼的上面，大伽蓝的阁耸立着。阿维拉，在它的黝黑的小石上，是在薄暮的晴爽中休息着。这些在秋日是荒芜不毛的田野，成着柔和的灰色的波纹，迤逦向青色的远山而去。

那位绅士已从他自己的屋子里走了出来，而开始沿着那条路慢慢地走过去。他带着一串念珠，小心地举到他的胸膛的上部。他的拇指尖（左手的）是放在一颗念珠上。这位走得那么慢的绅士——他是很年老了——已经离开了宫廷和它的虚荣。他在王宫中度过生活；他是国王的一个老仆人的儿子；他侍候了国王的一生。从国王还是一个孩童的时候起，他就在卧房里当差，拿衣服给他，对他什么都先意承志，而且老是站在他身边。这位老人曾经看见过任何别人也没有见过的东西，他曾经烧掉过没有一个人读过的纸片，他曾经听到过没有第二个人听到过的话。国君是满载着重大的秘密的。正如巨大的城垒一样，这些秘密围绕着国王一身。史家，批评家，诗人，在几世纪以后，将各人用自己的方法，热烈地，不停地使着他们的尖锄，攻打这些看不见的城垒。有时候这城墙落下了一片，一线的光明便似乎从这缺口间透了出来，然而这一大圈城垒总还存留着，于是，过了多少岁月之后，尖锄敲着石头的声音便又重新响起来了。在王宫的各朝房中——在事情发生的当时——许许多多的廷臣都围着那些重大的秘密，营营地着了忙。宫中的那些侍从们低语着；他们伺望着各扇门，以便互相低声说几句话；一个人把另一个人领到长廊的远远的尽头，或是领到一扇窗凹里，把那可畏的神秘传告于他。以后，在家中的炉边，离王宫很远，冗谈便自由地散播出来了。秘密是受着各方面的打探的。正如后来的史家们和批评家们一样，那些当代的人们也和那个谜斗争着；他们小心地想从它那里抽出些渴望着的事实来；这一个居然得到了一小部分的真实；那一个却夸口说得到了全部，而拿给人看的却只有一小片撕碎的字纸；然而第三个人却宣称——而且大家也常常这样说——那个可怕的秘密是不存在的，除了自然的，合理的，近情的事情以外，什么事情也没有发生过。而当时，那个神秘，伟大而尊严，离开了王宫，开始向未来走去，牢不可破地踏着大步，去找寻将来的那许多世纪。

可是在王宫中有一个人，一个卑微的尘世的进香客，却看见了又听到了一切。在他，秘密是不存在的；在他，事实是很明显的。这位正在慢慢地作着自己的乡村的散步的绅士，是自从国王还是一个孩子的时候起就侍候国王的。在那些大人物们为要对当日的严重和紧张施行报复而把它们破除了的时候，这位老绅士曾经听到国王的谈话过。一个伟大的人物——国君或是艺术家——是整天治着他的职务，庄严地扮演着他的角色；庄严，凝重，已把他从头到脚地占据住了，这样的一种精神状态，是会衰弱而虚竭的；就是在童年中养成的久长的习惯，也不能使人避免这种虚竭。而后来在清闲的时期，在一间关断的房里，那种拘束便宽弛了，于是那伟大的人物便有了朝廷中人所不知道的那种态度，行动和言语。但是这位向城市那面走过去的老人，却曾经一生都在那王者的房间里，伴着那在懒散的时间的最有威权的君主。沉静，寂定，老是留意，他的眼睛曾经看见过一切，他的耳朵曾经听到过一切。他的忠信是不可破的。踏过几世纪的那些大秘密，在他却并不是秘密；他从来没有企望爵禄或是干俸。当他感到老病了的时候，他恳求他的主人赐他告退，隐居到阿维拉的一所小屋子里去。从他的主公那里，他接受到又保持着把念珠举到胸膛的上部拿着，用拇指尖——左手的——放在一颗念珠上的那种姿势。

驳　杂

西班牙是广大的。西西尔和沙尔第尼亚与阿拉恭王国合并在一起归于加斯谛拉王冕之下。公萨罗·德·高尔道巴得到了拿波里。俊美的费力泊和华娜郡主的联婚使我们有了荷兰。西斯奈洛思在阿非利加占领了许多土地。查理五世使那"米兰化的人"服从了。而一整个广大的世界，也被西班牙人发现了。西班牙的王国，领土，州郡，和城市的驳杂是浩繁的。甚至在半岛幅员之内，我们的眼睛也碰到一种如画的千变万化。一位历史家——加诺伐思·代尔·加斯谛略——在数说过国家一统的肇始时的西班牙的伟大之后，更说道："可是在接受这一统的时候，每一地方仍然是照旧的，各自保留着变化万端的或相反的，没有更改过的习俗，固有的性格，自己的法律，自己的传统。就是各联邦的地位也不是相等的；有几个是有多少有点高贵的地位，多少有点特权；有的是自由的，有的却差不多是奴属；因为那一统是由各自很不相同的推动力形成的，有几处地方是自愿地来归的，如伐斯恭拉所自称者即是；有些是由通婚而来的，如一方面加斯谛拉和莱洪，一方面阿拉恭和加达鲁涅；有的是借兵力而来的，如那至今回回人还很多的华朗西亚和格拉拿达；有的是半借正义半借武力而来的，例如拿伐拉。不仅如此而已，即在一个省中，每一个城也有它自己的法典，每一个阶级也有它自己的律法。照这样，西班牙表现着一片权利和义务，风俗，特权和豁免的混沌，那是易于想象而难于分析和整理的。"

那些最驳杂的风景联结起来造成西班牙。西班牙的历史曾是一种相反着的热狂的不断的纷扰，精神氛围的驳杂，在国家中是和国家地土的变化一样地大。各阶级，各城市，都自相拉拢在一起而为自己角逐。在中世纪的时候，诸"同胞会"产生了出来。"同胞会"是由各邑参事会和各城市建设起来拥护他们的法律和特权的同盟社和委员会。委员会在"独立战争"中露着头角。就是在十九世纪中，委员会也是活跃的。在一八四四年，巴尔美思写着："我们不能否认，没有几个国家能够呈出这种景象，如西班牙从一八三四年起所呈示的一样。尽让一片骚扰从任何一隅起来吧：一个委员会是组织成了，一个纲领已草就了；那反叛的邑宣布了它的独立，又劝国家学它的样。消息传播了出去，人民兴奋了，又一个城反叛了，不久又是一个，接着又是一个，于是几天之后，政府便发现自己已围困在那个可以一望无余的小范围之中了。它不得不降服退位，于是别一些人便起来掌权了，一篇宣言公布了出来，诸委员会递上了它的贺辞，新政府命令它们解散，它们服从了，于是戏便演完了。"

我们看见封建制度一直深入到近代。反对着封建制度，那些"旧教的国王们"组织了一个民众的党。他们用"神圣的同胞社"的权力去声援这新的党。西斯奈洛思帮助人民去反对封建制度。在他的摄政期间，从一五一六年到一五一七年，他手创了一种民军，去帮助他们。而且我们甚至在十九世纪，也还看见由那些民众的党所组织的民军。那常受人营求的，便是在国家不统一之中的对于最高"权力"的声援。那精神的氛围气——正如我们所谈过的一样——是像土地一样地变化万端。而土地也正就是万端的变化。在西班牙的国界之中，有着每一种欧罗巴洲的风景的模型。我们有完全是雾和阴影的浪漫的风景，和充溢着光的古典的风景。加斯谛拉，伐斯高尼亚，莱房德，把同时古典而浪漫的景色呈献给我们。有一丛白杨在青色中把自己烘托出来的一片大平原，是像伐斯高尼亚的郁郁葱葱的碧色草莽一样地美丽。西班牙的草木是非常地丰富的。在那漫蔽着欧罗巴的二万种植物之中，伊倍利亚半岛倒占有不下一万种。而且就是同样的一种植物，这一区和那一区也有着各别不相同的性质。那在干燥而高雅的莱房德的山上呈着苍白的堇色的拉房达花——主的花，在壮大而庄严的瓜达尔拉马便呈着更浓的紫绛色了，而一切的草木，在莱房德是优雅潇洒的，到加斯谛拉便显得严肃的了。

阿 维 拉

在西班牙的一切城中，阿维拉是最十六世纪的。它是被称为"绅士们"的阿维拉。它的人口是不多的。城垒——和它们的八十八座堡——围绕着房屋，形成了一个完全地隔绝的范围。阿维拉的最美丽的宫殿是十六世纪的那些宫殿。那里也还有些十五世纪的纪念物。这城中的任何东西都使人想起斐力泊二世和旧教的诸王。斐力泊二世对于阿维拉有一种偏爱；他在这城里建筑了"面粉公秤局"和"屠宰场"。旧教的诸王敕造了圣·多马思寺——像多莱陀的诸王的圣·黄寺一样大小——又定阿维拉为夏天驻跸之处。阿维拉是并不像斐力泊二世的性情和脾气的；它的建筑物的石头是绛色的，灰色的。在这城中，任何东西都是严肃而高贵的。在这与人隔绝的阿维拉的圈子中，一种精力和热情的氛围气一向是凝聚着的。绅士们在城中占着优势。大家都对于政治有浓厚的兴致。大部分的人民都对于城中的这种生活方式习惯了。那些平民意义的民众，是几乎没有的。大家多少总是贵族。阿维拉叫人引起了一种峨特式的雅典之思。在街路中和市场上练熟了的那种对于政治的热心，在叛乱，反抗，颠覆政体的聚议，革命的集会，和联盟中显示了出来。这城的传统之一便是把诸幼主保护在它的城垣之中。阿维拉曾经带着一种母爱守护过诸幼主。我们可以说，阿维拉之所以看得自己比诸国君还高者，那是全为了它的贬辱一个（草人的）国王——亨利四世——和它的诸幼主的保护。诸国君经过了阿维拉脱离他们的王者生活，而没有了阿维拉，他们也不能踏进那王者生活的。而这种主权和独立的色泽，帮助我们更进一层地深入到这城的气质中去。市民是生活在一种对于公共事务的不断的心神不定之境中。他们的灵视伫候着活动，一个思想是很迅速地变成一个行为的。斐力泊二世，在某一个时机，当他们请求他放弃某种对付阿维拉土著的办法的时候，是不愿意让步了，"因为，"——他说——"在人民受指使把说话做成实行去的地方，我们很快地就可以看到他们的行动。"阿维拉是产谷地的盟主，全加斯谛拉的打谷场和市场；它有谷物的衡量制的特权；商人们和农民们，都是受着"阿维拉的斗"的支配的。据说阿维拉的兵也常常有在打仗时第一个上阵的权利。

在描绘阿维拉的时候，我们不会不欢喜提到那些古版画，在画里，在整个方块的面积中，是只能看到一个戴着高帽子的老绅士，和一个束着宽裙带着阳伞的贵妇。一本一八六三年的旅行指南，把那名叫珍珠街，绅士街，小蹶街，刀剑街，正法街，雕工街，三杯街，死生街，瓦匠街等的阿维拉的街道告诉我们。约一八六三年，那里有了一条铁路，但是这是一种新东西，驿车是仍然驰着的。"马车逢单日在早上八点钟开到马德里去，"——那《指南》说，——"而在双日的下午五点钟到了此地。"在阿维拉有四五家客栈：明星栈，佳果栈，狐狸栈，桥梁栈。在游戏俱乐部中，在阿维拉同盟会里，在阿维拉艺术家晨光社里，城中的居民可以消磨他们的心灵。阿维拉有一些小的方场。这些小方场便是古旧的西班牙城镇的魅力。在阿维拉，建筑物的石头是灰色的。在今日，各方场中的静默是深沉的了。石头的灰色使长天的青色更青。那些方场名为大伽蓝方场，市集方场，太阳福安德方场，马加拿方场，奥加涅方场，贝特罗·大维拉方场，朱古力杯方场，卷子方场，母牛方场，幼主方场，纳尔维略方场，苏尔拉金方场……"我不知道如何来描写，"——喀特拉陀说——"那些阿维拉的小方场撒到旅客身上去的，那忧郁的魔法的符箓；它们是带着它们的寂寥和它们的暗黑的石头的正面，在几乎每一个大门口等着那旅客进来的。"

那位我们已经引据过的指南的作者，替我们把那在阿维拉由西班牙的大世家来供给的代理人叙述了一番——姓名和住址都有。在一八六三年，法国人的皇后陛下有一个代办，阿勃朗德司，阿尔巴，梅第拿赛里，罗加，达马美思等诸公爵也都有；赛尔拉尔波，太阳福安德，奥皮爱戈，圣·米盖尔·德·格洛思等诸侯爵也有；公保马奈思，巴尔山特，保兰谛诺，苏拜龙达，多尔雷阿里阿思诸伯爵也有；德·蒙谛荷伯爵夫人也有。在阿维拉，我们看到"无穷尽"的盾徽。我们看到它们在屋子的正面，在大门口，在柱头上，在尖锐的路拐角上。那些盾徽是爱雷第阿家的，阿古拿家的，巴桑家的，穆西加家的，维拉家的，葛伐拉家的，勃拉加蒙德家的，加斯特里留家的，沙拉撒尔家的，赛贝达家的，阿乌马达家的。阿维拉是绅士们的城。全城都过着一种热烈的市民生活。环境，气质，都是贵族式的。在阿维拉的生活中，有一个时候，这种气质高达到了一个光辉的活的典型的时候——戴雷沙·德·黑苏思，一个其中的活动不是和世俗的有限的目的，却是和一种精神的，无限的，急切的渴望连结着的典型；一个其中的贵族的品格达到了它的最高最雅的表现的典型；朴素的高雅。

文　书　使

　　文书使沿着西班牙的侧路，小径，间道行旅着。他是从北方海滨来的，他要到马德里或是到爱斯高里阿尔。他比那走官道的驿使走得更快而更少担心。在那挂在他肩头的囊里，他带着一大捆文件，在这行囊里，一定有可悲的消息吧。这文书使迅速地行旅着；他的脚仅仅触着地。尽那边，在远方，离西班牙辽远的地方，外国的海岸边，那簸荡的海把船具的残余物吐出来，吐到沙滩上或是大岩石上去；船板和顶桅，那无敌的大船的残剩。文书使走得很快。北方的绿色的地和灰色的天已落在后面了。夜里，在到了一家客店的时候，他预备着休息；他的囊中所藏着的可怕的消息，他是知道一点的。他的脸上带着忧色。围在他四周的人们询问他忧愁的缘故。那不幸的消息传布到村庄上去，它把一位绅士从自己隐居着的大厦中带了出来。他们立刻在这所大厦里议论着西班牙的悲剧了；那位绅士的眼睛悲哀地顾盼着他的甲胄和勋绶。在黎明，那文书使带着他的囊出发了。他越过山，他涉过河，他穿过平原。他一径很快地走着，毫不逗留。树荫是没有他的份儿的，牧人的茅舍不能挽留住他。在夜里，他休息几小时；在日出之前，他又上路了。他是一路向爱斯高里阿尔和马德里去。在外国的海岸上，在那应着海涛的嘎音而摇动着的沙上的绿海草之间，是一些船板，麻卷索，和桅杆，那将被敌人用冷嘲的口吻称为"无敌"的大船的残余。不论经过什么地方，这文书使总遗下一点愁迹。不久西班牙就要弥漫着这个不幸的消息了。在爱斯高里阿尔，或是在马德里，一位年老的人会在一个小小的圣母像前跪下去。他的脸儿会被悲哀所感动。因为西班牙的一个成败得失的时辰已经敲了。历史会为西班牙开展出另一个前途吗？没有一个人能说出那在历史上划分两个时代的确切的时候。然而文书使负在囊中的这个消息，会使那蛰居在自己房里的老人沉思着，全西班牙都会沉思起来。未来贮着什么命运等西班牙呢？国家将恢复它的伟大呢，抑或它已注定趋于衰亡呢？一个新的世界已被发现了，西班牙是在创造一个第二大国家。就在这些式微的日子，西班牙还是欧罗巴的最丰饶的民族。那文书使登山越野迅速地行旅着，他的脚仅仅触着地。如果那负在他背囊中的东西是快乐的，则他或许不会走得那么快了。不幸往往是旅行得更快一点的；国难一发生，嘿！那消息便飞传到西班牙的穷乡僻壤间去了。

僧　　人

一位僧人在从他的关房的窗子中望出去。那是和我们所说过的老人，正在宏大的建筑物前面的花园中，祈祷着又默想着的黄昏时候同一的时候。这僧人也是一位年老的人。他的衣服是黑色和白色的。他的眼睛几乎不能看见东西。因为他差不多什么也不能看见，他便在小块的颜色不同的纸上写着，以便可以把它们分辨出来。那关房是可怜的。这僧人一生默看着挂在壁上的某几幅图画，而且因为他是那么地欢喜它们，因为他对于它们所画着的图像感到那么样的虔敬，他所以把它们的框子涂成了绿色，免得他失去了辨别出它们的能力。那僧人差不多什么也看不见；他在他的关房中是什么也没有；他的生活是消磨在著述，说教，给人们好劝告上的。他或许有时候对于他的宗派的扰乱者曾是有点严酷的。他可以做过些大人物，而他却未尝希望做点什么。他的无上的必要，和赛尔房德思相同，是著述。在桌子上，放着一本他所著的书；它的题名是《祈祷和观察之书》。像赛尔房德思一样，这僧人用一种单纯的笔调著作着，明白而自然。而当著作着的时候，他的整个心灵都感动了。神明的情绪！或许把最大的感情放到自己的著作中去的，就只是这两位伟大的作家吧——这位小小的老人和赛尔房德思。被他们的手挥写着，笔迅速地奔驰。他们自己简直不大顾到他们在写着的东西。热烈，兴奋，优雅，

西班牙的一小时

201

柔和，都溢于言表。在最简单的字眼中，他们说着一切东西。那僧人是靠在窗口。没有一个人像他似的曾经把一种那么深切的时间和永恒的感觉给予我们过。外面的田野在暗黑下去了。那位小小的可敬的人，半盲了，倦于岁月和疾病了，不能看见那些开始在黄昏中闪烁的星。他抬起了他的头，他的嘴唇微微动了一动。用了他的尘世的眼睛，他看见天上没有星；然而他的精神是接近着它的隐然的解脱的。而不久他的灵魂便将翱翔过净火天，在灿烂的星儿的那边，向永恒而去了。

风　格

每一个作家都有他的风格。每一个作家都拥护他的风格。一切风格的拥护是一种个人的自白。风格的问题是在于哪里呢？在用字范围中呢，还是在结构中？用字范围很广的作家们可能有一种刺眼的风格；结构明晰而精确的作家们可能有一种生厌的风格。文字的领域是很广阔的。结构殊异的作家们的用字范围的丰富，可以使他们在风格中同样地可佩。我们便这样地同时欣赏着洛倍和葛维陀。但是那位《祈祷书》的著者，用着在用字范围中的节制，用着一种简单的，日常的用字范围，在把一种精细的敏感给与他的结构上，已获得了成功。作为最后手段的风格，除了作家的对于他的主题的反应之外还有什么呢？风格是一种感觉的东西。《祈祷书》的著者，在他的《修辞论》中，已把他的对于风格美学的见解遗给了我们。他的理想是，要自然。"因此我劝你，"——他说别的东西之外还说——"像一个水手避去暗礁一样地，避去了一切犯着矫饰的最小的嫌疑的不平常的字眼。"在十六世纪，风格的伟大的标准——在实行和理论两方面——是由《祈祷书》的著者作设定了的。多方面又多变化的洛倍·德·维加，在风格上注着力，那和他在戏剧的技巧上注着力的同一的问题，但是他虽则在舞台上作了一个于俗用有利的最后决定，在风格上，他终身也是一个游移者。从自然的和直接的，他会突然跨到"修炼过的"去。好像是站在一架秋千上似地，洛倍的神奇的天才从这一个绝端荡到那一个绝端。那景象是有兴味的，在这位诗人的形形色色的全部著作中，我们是面对着这种幻灯。用着完美的优雅，用着精粹的熟练，从诗句移到诗句，洛倍达到了最微妙的奇想。他突然站住了。他的对于自然的和通俗的东西的感觉警告着他；接着，一支小曲，一些谐谑，一些"修炼过的"，"奇想的"的游戏诗文，便从他的笔端下破出来了。洛倍的著作中最有价值的元素，无疑地是通俗。在他的著作的这一方面，洛倍便是一个模范和一位大师。在风格中最重要的东西是明晰。凡是清晰地想着的人，也明晰地写着。洛倍常常在他的诸喜剧中指示着此事。在《一位国王的最大的美德》中，一个演员说：

> 说得坏而听得好，
>
> 便包含着矛盾。

在另一部喜剧。那可佩的《过桥走，华娜》第一出第六幕中，说起一位拉丁学者：

> 那知道太阳全为了
>
> 它的明亮而受人尊敬的
>
> 西班人的固有的天才，
>
> 却在晦奥上犯了罪。

西班牙的诸作家的主要的瑕疵，实在就是晦奥。在 Lacelestina 第一出中，巴尔美诺对那好母亲说："我并不听着你所说的话，因为在好事情中，实际的是比可能的好，在坏事情中，可能的是比实际的好。所以，康健的是比可以康健的好，病楚的可能性是比真实的病楚好。因此，在恶之中保留着可能的，是比在善之中保留着它好。"于是赛莱丝谛娜喊着："你是邪恶的！简直不能懂你的话！"赛莱丝谛娜的喊声就是在十六世纪末叶那么早的时候也会被视为奇异的。在十七世纪，它便会被人当作怪诞不经的了。在我们这时候，它简直是十分不可解的了，因为我们已把那对于风格中明晰的观念和鉴赏力那么大大地丢去了。

一种完善的风格的标准是在十六世纪之后，在十七世纪，定了出来。而奇怪的事便是，它是由那纂定《奇想论》的同一个作者所定的。在一六四八年，巴尔达沙尔·格拉相出版了他的《天才的机智和艺术》的最后定本，格拉相的两部爱读的书是《路加诺尔伯爵》和《阿尔法拉楷的古思曼》。格拉相永远不倦地称赞着黄·马努爱尔的书又引用着它；这部书是自然和朴素的一个模范。而且好像他的对于一本是自然的一个标本的书的显明的推崇还不充分似地，格拉相说："风格是像面包一样地自然，我们永远不会厌倦它。"那么我们将用什么尺度去估量一种风格的自然呢？格拉相亲自对我们说了。自然的风格"是那些在日常事务上，并不深思而话说得很好的人们所用的东西"。念出这条确切的规例来的格拉相，并不是《批评者》的作者那个格拉相，却是一部明晰，自然而朴素的书《圣餐台》的作者的那个格拉相。

西班牙的写实主义

在一个小教堂中，我们寂静地研究贝特罗·德·美拿的一个雕像；在一所寺院中，我们站着默看苏尔巴朗的一幅油画。《祈祷书》创造了一个平静而有力的西班牙写实主义。那使艺术成为"写实的"是——质实的和详细的琐事。在《祈祷书》中，髑髅地的活剧的描写，就用这种特色琐事不断地使我们动了怜悯之心。《祈祷书》的写实主义是伟大的西班牙写实主义，朗爽，动人，而有力。让我们来拿那一五六六年在沙拉芒加出版的昂德雷思·德·保尔陀拿里斯本的这部书来看一看吧。耶稣是被捉到了。"留心瞧着他，看见他怎样地沿着这条路走上去；被他的弟子所抛弃了，由他的敌人押解着，跨着急迫的步子，喘着'加急了的呼吸'，显着改变了的颜色，他的脸儿是因途程的匆促而升了火，发了红。"在髑髅地上，耶稣是快要被剥去长衣了。"因为那长衣是已经粘在那鞭子的伤痕上了，因为血是已经凝结住而粘附在衣服上了，所以在剥他的衣服的时候，他们使着那么大的劲儿把衣服一块儿撕了下来，竟'重新了'又'破开了鞭子的伤'。"那些高大而强壮的剑子手，把那十字架高举起来。接着你瞧"他们怎样地把那十字架高举起来；他们怎样地走上前来把它放在一个为了这目的而掘的洞里去，而且，在装牢它的时候，他们怎样地一松手让它砰地落下去；这样'这圣体的全部会在空中震动了'，伤创会重新裂开了，而苦痛也会格外增加了"。圣处女去寻找那圣子。"听那远远的兵器的声音和民众的骚扰声，他们走进来的时候的嚣嚷声。接着瞧那'矛和戟的闪耀的铁光'在他们的头上面显露着；跟随着路上的痕迹和血滴——这些已足够把她的儿子的足迹指示给她而向导着她，而不须别的向导了。"那母亲拥抱着那儿子。"那母亲紧抱着那伤裂的身体，她把它着实地紧贴在她的胸头（她是除此以外一点也没有力气了）；她把她的脸儿放在那环绕着圣头的荆棘之间；她的颊是贴在他的颊上；'那母亲的脸儿是染着儿子的血，'而那儿子的脸儿是被母亲的眼泪所沾透了。"

诸大师的著作中的近代艺术——一个弗洛贝尔或是一个贝雷达说——在写实主义中并没有走得更远一点。

载《现代》第一卷第一～二期，一九三二年五月～六月

阿索林散文抄

［西班牙］阿索林

山和牧人

当那僧人在窗前眺望着暮色的时候，山上牧人们所烧着的燎火，便开始映耀出来了。从下面的平原上，从深谷和幽壑间，我们看见，在远远的上面，那些牧人的野火。西班牙的山是多美丽啊！羊群是分为"河岸牧的"和"迁地牧的"两种。那"河岸牧的"照例是少数的羊；我们并不碰到它们从这一个地方到那一个地方地在小径中走着；它们不变地在同一的平原中和旷地上吃草；当夜来了的时候，当星开始闪烁的时候，它们便聚集到村庄的羊栏中去，或是到山麓的"安身处"去。那么"迁地牧的"羊群，是成百成百的。它们漫跨着全个西班牙。在平原上，它们扬起了那么大的烟尘，简直像是一队大军。绅士们的精美的衣服和僧人们的哔叽衣料，便是从这些成千成百的羊身上来的。在一八二八年，索里亚的一省加尔拉斯各沙的马努爱尔·代尔·里奥爷，一位迁徙的羊老板，又是一位受人尊敬的畜牧会的会友，出版了一本题名为《牧人生活》的小书。他开章第一篇就说——"一群有一千一百头羊的羊群，应该有一个首领牧人，一个伙伴，一个帮手，一个额外助理（亦称为附加人），和一个牧童。"但是他还说："那些在牧人生活中比山乡人资格老得多的索里亚人，只消用四个牧人便可以管领一个在路上的羊群，那四个牧人他们称为首领牧人，牧童，帮手和小子。"这作者所说着的是西班牙的山，索里亚，古安加，塞各维亚，莱洪的山。他是从索里亚的乡土中来的。在索里亚的山脉中，"在它的名叫奥尔皮洪泽的高山上，便是爱勃罗和杜爱罗那两条丰饶的河的发源的地方，那整个山脉又自南至北地做着各江河的分水界。在夏季的四个月之中，这个山脉的最崎岖最嵯峨的诸部，是被那些美好的迁徙的羊群所占据去了，而且如果不是这样，它们便会不能住人了，那个野兽潜伏的地方。那山脉有几个小镇，如比耐达，凡多沙，金达拿，高伐莱达，和被'车夫们'的隶属于畜牧会的羊群所占据的一切小镇"。

夜是在降落到山上和谷上来了。葛佛多在他的诗篇《梦》里，曾用了一两句话，将夜的深切的情绪表达了出来。

……盲目而寒冷地

柔软地从群星间堕下的

是那夜……

夜的暗影像我们可以触到的轻绡似的缠着我们。夜已盲目而寒冷地从群星间堕下来了。牧人的燎火开始闪烁着。在各羊栏中，犬吠着，而它们的辽远的吠声，像是愁惨的哀哭。在山间有狼，牝狐，獾，伶鼬。城中的灯火已渐渐地阑珊了，山间的燎火一定照彻了那阴郁的夜了。它们的光辉将维持到黎明。因为猛兽整夜地窥伺着。它们都有光耀的眼睛和一身鲜明的皮毛。当它们被捕住了的时候，人们是欢喜在它们的头上抚抚，又在它们的不油腻的毛上摸摸的。城市生活从来也没有污染了这些小小的动物。一朝它们的自由是在陷阱中或网罗中失去了，在我们的手下，它们便垂倒了耳朵，把毛茸茸的尾巴夹在它们的后腿间，一声也不响地用它们的澄清的眼睛凝看着我们，好像一半儿害怕一半儿希望地，向我们恳求一点悯怜。

西班牙的天才，如果不把那些在山上和平原上的羊群的来往想起，是不能被了解的。它们的小径，路线，牧地，漫播在全国之中。山丘是披着高原的草木，或是丛林和草莽。把那些表现山野的殊色和特质的字眼想到而使用着，是好的。那些字眼中是有着西班牙的香味。在城市中用得不多，它们生活在村夫们和乡人们之间。在草木一方面，山丘是分为高的和低的两种。低的部分亦称为 ratizo，高的是由 mohedas 组成的，mohedas 是槲树，软木树，山毛榉树，栗树等的浓密的树林。在较低的山腹上，金雀枝——和它的黄色的花——杜松，乳香树，迷迭香等灌木，伸出在斜坡上，形成了小小的丛林；在那些矮树之间，生着拉房达花，百里香，甘松香，野牛膝草，把空气都薰香了。在那树林浓密的地方，它们可以成为那人们所谓"中空的山"。让我们来描画一座松树的"中空的山"吧。树木不受阻碍地笔直地生长上去，什么也不阻挠树干的发展。地上是没有矮树的。从斜坡的下面，由山凹间，我们可以看见那绿色的华盖——绿色而发甜香——，那几百根中圆柱（那就是它们的树干）。那些由松针或松树的须所做成的光滑的软地毯是横铺着，漫披在土地上。四围是因树脂的香味而芬芳了。

在西班牙的山脉中，有着些宁静而神秘的湖沼，渊深的峡谷，小小的草地和长着嫩草的夏季牧地。从披着松树的山巅上，我们可以辨出那些在远方清晰地描映出来的各小镇。空气是轻快的。因为空气稀薄的缘故，嚣声是比下面平原中更轻微。和那在粗糙的童山中的沉默一起，我们欢迎着那在一个罅隙间升起来的一棵奇树。在这些西班牙的山上的一切东西，都指示着一种大无畏的精力；巉崖是崎岖而凸出的；山峰是尖而平滑的；那些巨大的圆石头，颇有要滚下斜坡去之势。

光线是鲜明的。香味从迷迭香，拉房达花，百里香，牛膝草传到我们身边。水流晶莹地滑过去。矮树用它们的坚硬的簇叶伤损着人。像西班牙的文学一样，像西班牙的思想一样，整片土地是气势，动力和光亮。索里亚，古安加，莱洪，塞各维亚的山是美丽的。几百队的羊群沿着它们的斜坡和荒冈征旅着。从那些羊身上，将产出那些僧人，农民，兵士和地主所穿的粗糙的衣服和精美的衣服。

在城市的忙碌的织机中，踏板哼着它们的有韵律的噪音。让黄昏来吧，它们便静了。在山上，牧人们是正在烧着他们的燎火。

戏　　剧

　　戏院是荒凉的了。在这黄昏的时分，戏是刚演完。几年之后，在一六二九年，一位作家——黄·德·萨巴莱达——将描写这散戏的情形：看客们去了，戏院是暗黑而寂寞的，两个妇人在后面踌躇着；在看戏的时候，她们失落了一个钥匙，而现在，她们是把着一枝蜡烛在长椅之间找寻着它。院子是寂寞的，夜是盲目而寒冷地在从群星间堕下来。看客已散了，伶人已走了。不，并不是戏子完全都已回到他们的客店里去了。静默地，穿过了暗黑和寂静，一个男子，一个妇人和一个孩子是静静地走近来了；在散戏之后，他们在化装室里等了一会儿，而现在，他们便慢慢地出发回他们的住所去。这男子是有点肥胖，他的脸色看去是苍白的。他把那孩子的小手儿握在自己的手里。那妇人年纪还轻。他们已从剧场中走了出来，步行向城中的一家客店而去。一到了他们的小房间里，那男子便颓然地倒在一张椅子上。那妇人走过去，吻着他的前额。那男子已把那孩子放在自己的膝上。这个男子是累了，困难地呼吸着。他柔和地把那孩子的头向自己转过来，把那小小的颊儿贴在自己苍白的脸上。那母亲默默地望着他们，心头感动了。这三个人和别的戏子们做着伴儿走遍了全西班牙；他们从格拉拿大到马德里，从马德里到北莱陀，从北莱陀到塞各维亚，从塞各维亚到伐拉道里，从伐拉道里到步尔哥斯。伟大的国剧是在产生着。从诗人的脑筋中发出来的一整个世界，将经过这些人的努力而得到它的形象和姿态。这个疲累而苍白的人，什么时候能够享受片刻的清闲呢？别种艺术家们可以平静地呼吸的家居的甜蜜的本地空气，他是没有份儿的。他的份儿是行路。他的无穷而坚决的义务便是把那快乐的面具装在内心的悲哀之上。戏散之后，在客店的房中，惫倦，为生活所疲累，那戏子把他的孩子抱在膝上。那孩子是他的快乐；没有了那孩子，他便会不能忍受工作的疲倦和漂泊的生涯。带着深切的，不可言说的情绪，在那沉默的母亲身旁，在暗黑降下来的时候，他把那孩子的亮晶晶的颊儿，紧贴在他自己苍白的脸上。

伟大的国剧是在产生着。西班牙的古典剧是什么呢？古典剧是整个西班牙生活的一种综合。自从一种生活和艺术的精神上的大和谐在《西德诗篇》里站定了以来，一切西班牙的艺术以后都要适应这和谐了。这和谐是崇高的，尊严的一种特殊的调子；它猛力地把日常生活的某几种形相摈排出去。在西班牙的生活中，一切都是共鸣而团结的：戏剧，玄秘的气质，风景——加斯谛拉的风景——市民的心情。当你听到人们说起西班牙人的"刚强"的时候，你是可以承认的，但是你必须把那种刚强称为尊严。西班牙人是高贵而庄重的。他的尊严摈绝日常的平庸的琐事闯入。高贵，庄重和严肃，便是他的在《祈祷书》中的写实主义。而戏剧同样也不能容纳日常生活的细小的琐目进去。它是像风景一样地清朗而高贵。编剧家既不需要又不愿意指出上场和退场，同样，他也不觉得俯就那些仔细的说明是必要的。如果在古典的剧曲里他要去俯就那些琐节，全部作品便会自动地从诗人所安置着它的崇高的坛上坠了下去。在风景，市民生活和艺术的幻想之间的类似，便会损坏了。我们且不要在那些伟大的戏曲家的谬误和年代错误上吹毛求疵吧。在那弥漫在戏曲中的热烈的氛围气里，像这一类的粗忽是隐没了。这里的主要的东西，正如在整个伟大的戏曲的泉源《西德诗篇》中一样，是那在日常写实的琐事之上的生活的调子；诗人所借与他的剧中人物的尊严，伟大，崇高的调子。

夜是走近来了。客店中的小房间是差不多暗黑的。那戏子正把那孩子抱在膝上。

旅　人

　　这黄昏的时候，在乡间一处冷落的地方，一个旅人坐在一个路旁的客店的门前。路在门前经过。那旅人的脸儿是隆起的，他的头发是栗色的，他的前额是平滑而无罣碍的。他生着一双明亮的眼睛，而他的鼻子，虽则大小合度，却是像鹰嘴一样地弯曲着。浓大的胡须笼罩在嘴上面。如果他站了起来，我们就可以看出他微微有点佝偻。许多的操劳使他的背弯了。整个夏天，他的脚是不停的，他在乡间漫走着，巡历各农场。他是不得不和那些粗人办交涉，他觉得他是在那不属于他自己的精神环境中活动着。在他的敏感和环绕着他的心灵的氛围气之间，是有一重根深蒂固的隔膜在着。这位旅人曾经出版过几部书。他曾经英雄地参加过一次历史上最大的战争；这次战争使他残废了一只手。而现在，在鄙野的人们之间，从客店到客店，从乡村到乡村，他感到一重内心的悒郁。当我们感到自己是高出于我们的环境，而"必要"却把我们和这环境紧系着的时候，我们的精神便慢慢地集中在一种内心的理想上。我们的石头现在对我们说着话，它们对我们诉说那迟迟的式微的悲剧，而在从前，却是不会说的。旅人：现在正是在废墟旁默想

夜　莺

的时候，而在这孤寂的乡野，这一道从前的宫殿的颓垣，给了我们一个默想的主题。几世纪已经过去了。在岁月中受着打击，宫殿已经崩摧了；然而，在附近，在这废墟的旁边，像一片从永恒传出来的微笑似的，耸立着一群优美的白杨，在垂死的黄昏的轻风中，微微地颤动着它们的叶子。

深闭着的宫

夜降下来了，盲目而寒冷，在牧羊人的茅舍上和王侯的宫殿上是没有分别的。一座宫是像什么呢？一位国王的房间的样子是怎样的呢？圣女黛蕾莎不知道它们像什么。她并不确实地觉得国王的诸房间是称 Camarines。"你走进去，"圣女黛蕾莎在 Las Moradas 第六号上写着——"你走进一间国王的或是大贵族的房间里（我相信人们称之为 Camarin），在那里，他们藏着数也数不清的各种杯，壶，和许多别的东西，全排列得井井有序，你一进去就可以一望无遗。"这位圣女还补叙着她自己的这回忆："有一次我被领到德·阿尔巴公爵夫人屋子中一间这一类的房间里（我路过那里，因为那位贵妇人固邀，便只得依她的话在那里逗留了两天），我在门槛上呆住了，诧异着不知道这一大堆的东西究竟有什么用，接着我便看出，看到了这样许多种类不同的东西，上帝是会被赞颂的，而我现在是快乐的了，因为它们对于我已有用处过了。"

那些美丽的宫是文艺复兴时代的艺术家们所建造的。然而文艺复兴在西班牙并没有什么大发展。中世纪继续统治着十五世纪，十六世纪和一部分的十七世纪。中世纪是单纯，感情，虔诚，信仰。中世纪是和抽象相反的具体。文艺复兴既不和西班牙的风景和谐，又不和西班牙人的气质——庄严而端谨的——和谐，更不和他们赓续而猛烈的争斗的传统和谐。《吉诃德》和《祈祷书》是中世纪，正如洛倍的著作中的自然而通俗的一部分是中世纪一样在 La Celestina（一部中世纪和文艺复兴的混合物）中，最好的一部分是由中世纪来的那部分，花园中的恋歌，那说着一切东西的脆弱而终于笼罩着全部著作的，父亲的悲剧的挽歌。是的，文艺复兴在西班牙建造了许多宫殿。露台都是熟铁造成的。精细的花墙都是用白石雕镂出来的。可是许多的这些大厦的窗扉，却都紧闭着；它们后面的果园的门也紧闭着；步道上野草蔓生着。这些大厦的主人已到海外去了。在屋子里面，在宽大的房间中，尘埃已渐渐地在家具上铺了一片薄薄的外套。那使圣女黛蕾莎吃惊的"这一大堆的东西"，是安然地在碗碟柜里，食器架上和橱里。几世纪会过去。谁会再把这些大厦打开来呢？在三百年，四百年之后，这许多使人看得眼花缭乱的东西，会在什么地方被人发现呢？谁会坐在那张高高的雕皮的圈椅中呢？而这幅画着挂桑谛阿戈的红色的剑，或是在胸前佩圣黄的徽章的绅士的画像，会挂在什么地方呢？这尊贵的城中，有十所，十二所，十五所邸第是紧闭着的；在辽远的国土中，在海的彼岸，在别的星光之下，它们的主人们是在着。而在那些辽远的广袤中，在忧郁的时候，一个对于这些宫殿和这些花园充满了柔情的记忆，当然是会觉醒了的——在花园里那些未经任何人挦撷过的蔷薇，迟迟地让它们的叶子零落在小径上，在春天和秋天。

载《文艺月刊》第三卷五～六期，一九三二年六月

几个人物的侧影

［西班牙］阿索林

一　美赛第达丝

我能够忘记美赛第达丝·阿雷恰华拉吗？我可能说起那些青春的小伯爵夫人，而忘记美赛第达丝·阿雷恰华拉吗？美赛第达丝并不是伯爵夫人；也许美赛第达丝对于我们这些并无丝毫贵族身分的市民，并没有一点微小而俏丽的鄙视的表情。美赛第达丝是一个温柔，婀娜，聪明，恳挚的古巴女子……美赛第达丝是颀长，丰满，娴雅，有点苍白，生着黑色的头发，而当她穿上了南美洲女子们那么喜欢的，那种有着白色，桃色的花饰，有着白色的狭条纹的，有点豪华的青色的衣衫的时候，你就会相信，在你眼前的是一幅你们曾在被遗忘的照相帖中，我是在关闭了长久的客厅里所看见过的古旧的照像；一幅你所不认识，不知道生活在何处，并不知其姓氏，但却引起你一种微妙而深切的同情的妇女的，褪色而稀淡的照像。

"美赛第达丝，请你唱《拉·多士加》，第二出的……"

于是美赛第达丝，苗条而庄严地站在钢琴边，便用有点低沉的，温和，柔妙，娇媚而宛转的声音，唱着，唱着那堪想的曲子，而同时，在长榻的一角，那些青春的小伯爵夫人们仍然是羞怯，沉默，好像受了那心和智慧的另一种不朽的贵族的兴盛似的。

二　玛丽亚

我说玛丽亚·爱斯德邦高朗德思。

"玛丽亚，你为什么有这种悲哀的小手势？"

于是玛丽亚缄默了，因为她不知道怎样回答。

"玛丽亚，微笑吧。"

于是玛丽亚微笑了。而你是不能想象出那些本能的是忧郁的妇女们所有的，那种神秘并有暗示性的光辉的。

在那两姊妹——玛诺丽达和玛丽亚——之中，玛诺丽达是活泼的。而玛丽亚却是端庄的。一眼望去，你就可以看出她们的不同的气质。玛诺丽达是细微，婀娜，线条匀整；玛丽亚是更丰满，而她的态度是更舒缓。当玛诺丽达坐下来弹钢琴弹错了一个音的时候，她并不停下来，但却继续弹着，继续弹着，跳过一切，有点疯狂似地，欢笑地；当玛丽亚犯了一个错误的时候，不论那错误是怎样的轻微，她总要停下来又重新弹起，非到错误已完全矫正了不止。

玛丽亚既不高声说话，也不哈哈大笑，亦不爱触目的装饰。在十点钟，当客厅里正是最热闹的时候，玛丽亚吻了一下伯爵——她的父亲，于是就上楼去睡了。但是玛丽亚并不睡觉。她的卧房是贴近我的卧房。一小时之后，当我上楼去的时候，我看见在她的房门下面有一条细细的光。玛丽亚在做什么？写信吗？读书吗？玛丽亚读的是什么书？玛丽亚写信给谁？不，你不要想象玛丽亚是在读一部情诗，也不要想象她是在写一封荡气回肠的长信。玛丽亚并不是浪漫风味的。有的妇女是生就做情人的，有的是生就做女尼的，有的是生就做无悔的独身者的，有的是生就做妻子的。玛丽亚·爱斯德邦高朗德思是生就做了妻子的。

你和玛丽亚结了婚（你不会有这样的运气，这是一个假设）；有一天，在你结婚之后一个星期，或是两个星期，或是一个月，你在她面前站下来，有点窘迫，一边抓着你的头，说道：

夜　莺

"玛丽亚，今天晚上我不回来了……"

于是玛丽亚，既不表示悒郁，也不微笑，出于自然地回答：

"好吧。"

不久之后又一天，你又怄怩而战战兢兢地说了：

"玛丽亚，明天我不得不整天在外边。"

于是玛丽亚又带着那同样的可爱的自然态度，说道：

"好吧。"

于是时间过去；你有着你的家庭的烦恼：有些债务不能即时偿付；反之，有些契约的履行是万不能延迟。你是板起了脸儿，烦恼着。玛丽亚看出了你的焦急……

"玛丽亚，"你对她说，"我们不得不买某一件东西，可是我们现在没有钱。……"

于是玛丽亚静静地站了起来，打开了一只箱子，拿出一只盛满了她所一点一点地，一天一天地节省下来的钞票和钱币的盒子来给你。

这就是玛丽亚·爱斯德邦高朗德思。

三　两个人

我什么时候都看见这两个人：他是异常的苍白，她也是异常的苍白。他慢慢地走着，穿着一套浅色的衣服；她缓缓地走着，穿着一件白色的上衣和一条青色的裙子。两人都是又瘦又高；两人都默不作声，并排着；两人都在门口平地的一棵树下面坐下来；两人同读着一本书，而他们的深深的目光几小时地盯住在书上。他们是兄妹吗？他们是夫妇吗？我不知道：我看见他们时时刻刻在一起，沿大路走着或是坐在树下。于是我猜测出他们之中的一种单调的，苦痛的共同生活。于是我在我的心灵中感觉到他们的长长的沉默，他们的不安的态度，他们的疲倦动作。有时这两人之间有了一个短促的谈话。他们说什么？从他们的嘴唇里出来的是什么神秘的话语？他，把肘子靠在摇椅上，挺直了上身，对她兴奋地说着话；她也用同样的兴奋回答。他沉默了一会儿，接着又向她说话了……接着她站了起来，细致，婀娜，优娴，走向屋子去，而过了一会儿又从那里回来；而他呢，垂头丧气，帽子向后侧着，前额上挂着一缕黑发，把肘子支在大腿上，又把头捧在两手间……

载《华侨日报·文艺周刊》，一九四四年三月十二日

灰色的石头

［西班牙］阿索林

　　下午是澄明，安静，清鲜。白色的道路形成柔和的曲线在苍翠的地峡的深处蜿蜒着；那和路相并的寂定而缄默的河，鉴照着那些娉婷而纤细的白杨的侧影。一只青蛙作着"阁——阁"的声音；一头牧放的牛的鸣声在远处应响着："嗳达！嗳达！"暗绿色的群山封住了天涯，又成着高上去的斜坡，在这一带那一带耸立起来。上面，在山顶上，一个微青色的淡灰色的，明亮的山峰显露了出来；下面一点，在那些栗树林的暗绿色之间，展开了一方广大的牧场，明亮，柔和，带着那些苹果树安置在它的茵席上的圆圆的暗黑的斑点；再下面一点，显映出一带沿着一条小径而行的核桃树；再下面一点，一片稠密的草莽搔破了河水的平静的晶莹。一只青蛙作着"阁——阁"的声音；人们间歇地听到一头牧放的牛的鸣声："嗳达！嗳达！"而从那悬在上面山上的一所小屋子的红屋顶上，漏出了一缕细细的青烟，渐渐地消散在空中，同时和那走上前来，一直到遮住了大山的峰峦的白色淡雾混在一起。

于是我们越过了阿斯贝伊谛亚。街路是狭窄的，两边是那些有巨大的屋檐，宽阔而凸出的阳台，阴黑的门轩（在门轩的底里，有一座小小的阴凄的楼梯）的房屋。在那些门口，妇女们做着她们的工作，而那些草鞋匠，在他们的光亮的小桌子上，间歇地弯着他们的手臂而沉着地连连敲着。于是我们在蒲斯丁苏里科方场逗留了一会儿；接着，从一条狭窄的小巷，我们又走到田野间了。那边，在尽底里，在群山的青翠上面，显着一大块灰色的东西，由很小的阴影的方块攀登上去。那就是洛牙拉的修道院。在瓦斯各尼亚的冬天那些日子，当天涯是被云所遮断，而雨又不断地下着的时候，这大堆的灰色石料便会转变成黑而阴凄，而在那一切当此夏日是在半明半暗之中的，四壁空空的宽大房间和长廊中，便会形成一种阴森的氛围气，有沉默的，轻快的影子来往着，而这些影子的步子，又会在那宽阔的梁木地板上噔然响着……

我们走进那修道院去吧。在正门前面，耸立着一座石级，通到一个伊奥尼亚式圆柱的廊庑去；可是还有一个小小的侧门，就是我们所走进去的那一个。一个寂静而清洁的小院子呈到我们眼前来：在底里，在一扇门上，一块黑牌上写着这几个金字："洛牙拉之故居。"我们是在那密宗的努力的战士出世的屋子前面。我们走到那钉着尖锐而宽阔的宝星的门边去；在一扇门上，挂着一张白纸板，上面有手写的一篇长项目。开端第一说：唯此得救。接着便是："修行时间分配——上午：五时半，起身；六时，默想；七时，弥撒；七时半，早餐，空闲时间；八时半，阅读心灵书籍；九时一刻，默想要点；九时半，默想；十时半，省察，空闲时间；十一时三刻，省察；十二时，午餐。下午：二时一刻，玫瑰经或苦路经；三时，阅读心灵书籍；三时三刻，要点；五时，省察，沉默散步；六时，告解预备；六时三刻，要点；七时一刻，空闲时间。"而最后，有力而显目的大字写着：AMDG。

圣伊格拿修的屋子在外部是保存得完完整整的；可是里面呢，那些房间，走廊，卧室，厨房，一切的，一切的房间都已变成了小经堂，小圣堂，祭坛，祭衣房了。几幅巨大的幼稚的油画遮住了墙壁；在天花板上，映显着巴洛克式的栋梁，雕琢过，涂了金，充满着颜面，花纹，圣人们，圣处女们，圣体发光，天神，云。间隔地，一个壁像带着它的巨大而累垂的重量映显着；灯垂灭地窜动着；你看见一个缄默的耶稣会士的影子，在一个角隅的半明半暗中凝着神，头一动也不动，对着经本在祷告，你听到衣裾的绰绺声或是念珠的叮叮声，然后继续从这一间房走到那一间房，从这一个祭坛走到另一祭坛。于是你走进那间极小的卧房，在那里，那位苦恼的密宗感到他的定命的最初的冲动。另一个同样沉重，同样满载的祭坛，遮蔽着尽里面的壁衣。在这间房里，那位生于此地的人是一点气息，一点辽远的残剩也不留了。你们的想象力将是徒然的。不必企图想象他的容颜吧。那些肖像，柱子，油画，灯盏，帷幕，可憎的花玻璃，都带着一种女性的，软弱而无力的信仰和虔心的氛围气，来给这个曾经住过一个具有坚强，难驯，刚毅而不可屈服的气质的人的地方。

　　你走出这小礼拜堂和圣堂吧，你走进那个修道院去吧。在那平坦而坚实的大石级上，在那些有圆圆的穹形顶的长廊中，在那些围着光光的墙壁的宽大的院子中，在那些铺着坚固的地板的广大的厅堂中，那灰色的石头便重又涌现到你眼前来了。间歇地，一个耶稣会士沿着墙壁经过，偻着背，合着手。你俯身到窗口去，眺望着这修道院的菜园广大的远景。在它的笔直的路上，来往着那些修隐之士的黑色的斑影——他们在这些日子洗濯并薰香他们的在退隐中的良心……在这短促的一望之后，于是你又去巡行那些暗黑而无尽的长廊，那些宽大的厅堂，那些阴森的楼梯。你在这装饰着一个小花园的院子中延伫了一分钟；在对面，一扇玻璃门刚开了，于是门里就浮现出两个长条沙弥，他们是又瘦又纤弱，稍稍有点苍白，交叉着手臂，眼望着地。一角铅灰色的天，被极高的灰色石头的墙所框范着，在高处显露了出来……

夕暮已幽暗下去了。当你出去的时候，你看见一片浓密的雾霭笼罩住近处的山峦。那浩大的建筑物的灰色的石块，已转变成黯黑，而在山峦的暗绿色上面显得巨大可畏了。黄昏就到来了。田野是静悄悄的。在那些栗树林中，稠密的花絮就要脱离出来了。在弯弯的枝叶下面，河水形成着黑色的宽大的水潴。一只青蛙作着"阁——阁"的声音，于是一头牧放的牛的鸣声在缄默的谷中响应着："嗳达！嗳达！"

载《华侨日报·文艺周刊》，一九四四年六月十八日

灰色的石头

玛丽亚

〔西班牙〕阿索林

玛丽亚是海水浴场的欢乐的标志。

"玛丽亚，你给我一朵石竹花吗？"

玛丽亚采下一朵石竹花，掷到街上去。那个浴人走过去了：他是一个青年人，戴着一顶软草帽，穿着一双光亮的红皮靴。

"玛丽亚，你给我一朵石竹花吗？"

玛丽亚采下一朵石竹花，掷到街上去。那个浴人走过去了：他是一个笑嘻嘻的老人，生着扭曲的灰色的髭须。

"玛丽亚，你给我一朵石竹花吗？"

玛丽亚采下一朵石竹花，掷到街上去。那个浴人走过去了：他是一位生着长胡须的先生，带着一顶鸭舌帽，帽檐放得很低。

"玛丽亚，你给我一朵石竹花吗？"

于是玛丽亚笑着，叫着，快乐而喧嚣地答辩着，接着便离开了露台。因为玛丽亚已经没有石竹花了，或是——这是更可靠一点——她不想再把她所剩余的来割舍了。

你们观察过大画师戈牙的《狂想》吗？你们记得那些袅娜，脆弱，波动，蜿蜒的女性的姿容吗？我眼前就有着这些《狂想》中的一幅：那是一个懒洋洋地站立着的荡妇，梳着低髻，玄纱盖头一直垂到眼睛边，折扇贴着嘴。在她后面，一个丐婆贴得很近，向她求施舍；她呢，轻盈地摆开，向她转过脸儿去，带着一种鄙夷的姿态，而那标题是写着："凭上帝原谅吧……而她是她的母亲。"

呃，这个荡妇就是玛丽亚，我并不是要说玛丽亚是不近人情，铁石心肠，凶暴。不是，不是。我之所以提起这幅《狂想》，是因为那位大师也许在这幅画中给予了一个最袅娜，最有风度，最愉快，最漂亮的妇女的典型。而玛丽亚就是一个与此类似的典型；可是如果你们对于她详加注意：假如你们观察她的态度，她的姿势，她的步行，坐下，起立，穿过一间客厅的样子，那么你们就可以看到——而这就是她的最独特的魅力——在她身上，那纯粹的荡妇典型，和比尔巴奥妇女的最新的典型，是交错而混淆着……而你们，读到这里，便要问了：是不是确实有一种比尔巴奥妇女的典型的？这不是一种无稽之谈吗？这也许不是一种对于女人的殷勤吗？不是，不是，读者。几天之前，在比尔巴奥那面，在天刚晚的时候，我从在桥对面的一家咖啡店的大门口，观察过那些美丽的妇女们的轻盈而不断的来来往往。

那时天是灰色，氛围气是凉爽的。马车，货车，汽车，电车，穿梭地奔驰来往着；在左面，一片黑色的浓烟在拉·洛勃拉车站的铁和琉璃的拱廊前面升起来；在右面，大路上树木的新叶罩上了它们的鲜明的幕。尖锐的叫子声，机关车的隆隆声，车掌的呼喊声，马蹄的得得声，电车触轮的磔格声都传过来……而在那宽阔的大路上，在嘈杂之中，向桥走过去或是从桥走过来的，是那些来来往往的比尔巴奥的妇女，带着白色，粉红色，青色的夏季帽，稍稍有点向前偻，稍稍有点直挺挺，多筋肉，强壮，也许脚微微大了一点，但却全部穿着袜子，全部——而这一个细微之点是万无差错的——穿着毫无缺陷的靴子，黑色的靴子，光耀的靴子，漂亮的靴子……

这里我已经随便三言两语表白出比尔巴奥妇女的特性来了；有时，如果她是属于高等阶级的，你就可以从那个在一个骤然致富的时期成长而教育出来的她的身上，注意到她装饰中有一种炫夸和率真的依微的渲染。可是，在她的强健的美貌前面，在她的断然的态度前面，在她的性情的奔放和气概的不可一世前面，这一切你便不久就完全忘记了……

玛丽亚也是强健，多筋肉的，她有着一个温柔的下颏，带着一种不可思议的魅力曲折在那熨平的直领上面。玛丽亚走路的时候也上身微俯向前，而她的手臂是轻松地沿着身体垂下去的。玛丽亚走路也同样是——也许这是比尔巴奥的妇女的最显明的特性吧——并不匆促，并不一往直前，并不跨着一致而匀整的步子，却是和谐地时快时慢，正出奇地和这种态度的典型相符。在早晨，玛丽亚在白色的衫子上面披上一方盖头，这样把脸儿遮住一半，在做弥撒回来的时候，在那有石竹花的露台上显身出来。这样你们就以为自己看见了我上文对你们说起过的戈牙的那种荡妇，或是这位大师所画的圣昂多纽修道院中的那些凭着栏杆的游女。

夜里，晚饭之后，她在钢琴边唱一支小曲子，或是跳华尔兹和丽戈同舞……那年轻的贝呈达瓜侯爵，直挺着身子，并着脚，带着一种"绅士"的僵直的动作，向她鞠了一个躬，"玛丽亚，你可以赏脸和我跳这华尔兹舞吗？"于是玛丽亚站了起来，于是他们两人便在大厅中，在那又亮又滑的地板上，很快地转着转着了。因为玛丽亚是寡妇，所以当她舞着，当她走路，当她坐下，当她站起的时候，你便在她那里看到有某一种平坦，某一种庄严，某一种也许宣漏出无限的幻灭的安静……

载《华侨日报·文艺周刊》，一九四四年十二月三日

倍拿尔陀爷

［西班牙］阿索林

这个人是徽章的反面，即就是说，一个使你们引起某种狂想，但实际上却毫无异常的人……当你们在食桌上安静一点的时候，你们就听到一个人大声怒喊着：

"可是这是多么笑话？难道我要一辈子这样下去吗？"

这就是倍拿尔陀爷，他在责叱一个女仆，因为她上菜上得太慢了。你们对于倍拿尔陀爷的这种发脾气觉得奇怪吗？你们也觉得在圆桌上这样嚷嚷是过分吗？你们并不以为奇怪；倍拿尔陀爷，据他的自白，是在二十九年以前从萨尔第瓦尔来的。怎么没有权利嚷嚷呢？如果强叫牙床一动也不动至四分钟不久，怎么没有权利发脾气呢？想象一下一个红色的，发光的，椭圆形的大斑点吧；在那上面，放两粒小小的芥子上去；在下部，抹一笔白色，然后，垂直于这一笔，再阔阔地抹一笔白色……于是你就会得到倍拿尔陀爷的肖像了。

"倍拿尔陀爷，"刚杜艾拉说，"你知道那天我在索拉雷斯看见了谁？是倍尼多。"

"嘿！"倍拿尔陀爷用一种有力的声音惊叹着。

于是便是一个长长的沉默；而当你以为这短促的话题已被忘记了的时候，倍拿尔陀爷又大声说道：

"我已长久没有见过了！"

"他现在很胖了。"刚杜艾拉回答。

"不，"倍拿尔陀爷说，"我说我已经长久没有看见索拉雷斯了。"

"那一定是一个新建筑物吧。"刚杜艾拉说。

"是古老的。"倍拿尔陀爷回答，"但是已经修改过了。"

请你们不要再问我倍拿尔陀爷的嘉言懿行。我所知道的尽于此矣；没有人知道得更多一点，知道得更多一点是决无此理。当你们退席到衣帽架上去拿你们的帽子的时候，你们看见一根巨大的藤，活像是一棵树的极大的树干。这就是倍拿尔陀爷的手杖；他曾在林中把它斩了下来，并且在藤皮上用小刀刻划了许多有趣的圈子和花纹。而在饭后，倍拿尔陀爷便扶着这巨棍，带着他的极小的眼睛，带着他的发光的脸儿，带着他的白色的胡子，像一位牧神似的，孤独而狰狞地，到俱乐部去了。

载《华侨日报·文艺周刊》，一九四四年十二月十七日

婀蕾丽亚的眼睛

[西班牙] 阿索林

　　赛斯多拿是一所漂亮，时髦，舒服的旅馆；乌尔倍鲁阿迦是一个疗养院。也许赛斯多拿，带着它的似乎是客厅的对称的宽走廊，使你发生一种耶稣会的最新式的书院的印象；也许乌尔倍鲁阿迦，带着它的曲折，刷石灰而低顶的狭甬道，使你起一种法朗西思各会的朴素的修道院的观念。这一个和那一个浴场都处在同一样的地位，在一个山谷的底里；但是在乌尔倍鲁阿迦，山坡互相逼得更紧一点；溪流是更湍急一点；那些栗林是更不宽阔一点，而且当你走到它的门前的时候，有一种好像是忧闷，好像是轻微的压迫似的情绪——已由一种偏见勾引起的——便向你袭来了。你更努力一点去隐蔽住它并克制住它吧；你跨过那浴场的门槛吧。那所建筑的整个结构是历年陆续地建造成的台基和亭阁底集合。主要部分耸立在一片微凹的洼地上；我们走下四级石级……于是我们就到了门前了；我们走进一个狭窄的门洞；在底里，开展着一条空洞的长走廊，它通到一个被三根柱石界分着的宽敞之处。这里有一扇小门通到石窟，那里有一道皎白而晶莹的活水涌现出来。我们再向前进一步；一间铺陈着长椅和木柜，摆设着盆花的小厅，在我们眼前显露出来。接着我们穿过一个小院子走到另一个走廊，然后我们又碰到另一个宽敞的地方，那里有邮务处，医务处，和陈着杂七杂八的东西的长长的陈列橱。我们再走几步；另一个客厅和另一个长走廊把我们引到那些喷雾室和蒸气浴室……随后我们又退回来走那已走过的地方；我们重又看到那石窟，那医务室，那邮政办事处；我们重又经由原先的走廊去找寻那领我们到上层去的阶梯。到了那里，我们发见自己是在一条满是小门的甬道中；地板是用坚固的木板铺砌的，上过蜡，发着光；一道狭狭的反光消失在那边远处；我们闻到一种野生的新鲜的香草，氯气和以太的扑鼻的气味。我们为什么不随那走廊走过去呢？还有什么事比观览我们所不识的屋子更有趣吗？还有什么感觉比逐渐地去发觉那些突然涌到你眼前来的不寻常的事物更愉快吗？

这条走廊引到另一道走廊。向右转，穿过一个有玻璃门的短短的客厅，走下几级，于是你终于到了一个宽大的楼梯顶，面对着其他的楼梯级，你必须走下这些梯级，才走进一间很宽大的客厅，那里四面安着长椅，挂着横阔的镜子，陈着一架直立的钢琴，在背景上烘托出它的背面的红色的斑影来。你心满意足了吗？你是不是已把一种刚在这新环境中突然起来的，对于这新环境的综合的感觉，带给了你的贪切的心灵？这一切的走廊，这一切的楼梯顶，这一切的客厅，都是阒无一人的，静悄悄的；地板发着光，墙壁好像都已粉刷过。而不时地，在沉静之中，你听到一声短促的干咳，或是一声顽强的长咳。于是你感到在这氛围气之中，是有着一点亲切而深沉的下省情味：在那层次高低不一的客厅和走廊的交错中，在陈设的简单中，在那些病房的高和深之中，在仆役们的坦白和率真中，在菜肴的纯粹的平淡之中……但是你们，像我一样，是在一个你们欣赏着这一切那么西班牙固有的东西的时刻。不久之后，当你们在这大厦中再耽搁一小时的时候，你们的趣味就会充实地满足了。因为你们觉察到那你们所呼吸着的氛围气，不仅深深地是下省的，而且，由于一种合理而必然的联系，也是饱和着一种如梦而忧郁的浪漫精神。也许你不知道这些水的神效吧？你不知道那些从字眼真正的原意说的"审美的"

病人都群趋到这些汤泉来吗？而你又怎样能够否认那存在于浪漫精神和苍白的脸色，黑眼圈，纤弱以及悲剧的永远的绝望之间的亲切的关系？如果你爱小城中的这些那么温柔，那么悒郁，那么纤弱，那么富于幻想的少女吗？她们呻吟着，流着眼泪，突然从欢乐转到伤心，在小抽屉底里藏着一张褪色的肖像和一些有一家咖啡店或一家旅馆的印戳的信件，培养着寄生草，在钢琴上奏着"洋娃娃葬曲"，读着用报纸包着的冈保阿谟或倍盖尔所著的书，匆匆地照一下镜子看看自己是否变丑了，在冬天阴暗的日子隔窗帷守望着一个陌生的过客——也许就是一个能改变我们的生活的风流少年——的步履的……；如果你们爱这样的少女，到乌尔倍鲁阿迦来吧。那些日子我认识了欧拉丽亚，华尼姐，萝拉，珈尔曼，玛丽亚，苕丽葛姐。而我尤其看见过婀蕾丽亚的那双苍茫，悒郁的大眼睛。

"你在做什么，婀蕾丽亚？"一个我昨夜看见和她一起跳舞的青年对她说。

"没有什么，"她回答，"我在看河里的水……"

婀蕾丽亚倚身在桥栏上，显着一种凝神，潇洒和无拘无束的姿态。迦尔瓦尼便是在这种姿态之中，把那些一八五〇年的纤柔而苍白的妇女，安插在一个花园的平坛上或是一张长椅的扶手上的。婀蕾丽亚望着柔顺的河水；但是她的凝注的眼睛却并不看见柔顺的河水。她的侧影是在黄昏的灰色的天上描剪出来。

这正是大路施暴于浴人的时辰，但是你们并不唯命是听。在浴场的后面，傍着那条小河，有一条漫漫的白杨夹道的大路。你们移步向那边去吧。地上是铺着细草；一边耸立着荫着栗树的山坡；另一边舒展着一带低低的，繁密的苹果树，枝叶在水面横斜着。三四列的白杨把这白杨树林分成一些宽阔的路径。那些树干是细长，挺直，袅娜；枝叶不在枝干间，却是在很高的地方长出来，所以你们在其枝叶下经过的时候，就像在支撑着一个绿穹窿的一行行最精致的圆柱间经过一样。而当你们这边那边游倦了的时候，你们便在河岸上一个大水潭边坐下来。无数的水蜘蛛，行踪无定地，伸长着四只轻捷游移的脚，在水面上溜着。它们有时迅速地前进，有时停止，有时转着蓦忽而急骤的圈子。而它们的每一个动作，都在水面形成一个圆圈，去和其他无穷尽的圈子交错组合成一片飘忽而任意的花纹。

但是夜到来了。你必须回浴场去了。一口钟刚带着一种执着的声音敲过了。你们重新穿过楼下的甬道，又走上正屋的甬道。灯火已点上了，而那上过蜡的木板的长长的反光，像一条狭窄的水银带似的，消失在那边远处。一片人语的应响的烦嚣声，有点像一片低沉而悦耳的合唱似的，传到了你们的耳边：这就是在附近的圣堂里，正如每晚一样，浴客们在念玫瑰经。接着，你一边在走廊中踱着，一边听着这神秘的圣诗，于是你们的眼睛就第一次注意到那些挂在门上的古旧而可爱的小铃，疯狂的电铃的可敬的祖先。而这个无足重轻的琐事便已经把你们沉浸到一个浪漫的悠远的梦中去了。你们还缺少什么吗？你们还剩下那最主要的东西。晚饭之后，一定得到楼下客厅里去坐一会儿。这里，你们又碰到华尼姐，萝拉，珈尔曼，苢丽葛姐，欧拉丽亚，于是你们又看见了婀蕾丽亚的视而不见，茫然看着扇子上的风景的苍茫而悒郁的大眼睛。钢琴放出几声舒徐而响朗的音；那些漂亮而苍白的姑娘们都站了起来，一直走到厅的中央，慢慢地前进，后退，互相握住了一会手，又互相屈膝行礼而散开，终于跳着我们的母亲或祖母穿着满是褶褶的宽衫子所跳的那种恬静的"长矛骑兵舞"。于是你们似乎已经浓密地饱和着感伤的理想性了；可是在场的人都要求玛丽亚唱歌，于是玛丽亚愉快地笑着分辩，接着就正经起来，而在咳嗽了几声之后，她终于唱出一支懒散，忧郁，凄婉的歌来了……

婀蕾丽亚的眼睛

于是你们便告退，在你们的精神上带着一种不可名状的情感。走廊是沉静的了。你们也许听到一声辽远的，突然的干咳，或是顽固的奇咳。而当你们上床的时候，你们便一边睡过去一边想着婀蕾丽亚的梦沉沉的大眼睛，以为自己感到了最大的荒唐和最大的诚朴，以为自己感到了慈爱的一片微茫的感觉。

载《大众周报》，一九四四年十二月三十日，

一九四五年一月六日

刚杜艾拉

[西班牙] 阿索林

　　我是在什么地方认识刚杜艾拉的？在迦尔陀思的一部小说中吗？在《朋友芒梭》中，在《禁物》中，在《山德诺医生》中，在《昂葛尔·盖拉》中？刚杜艾拉正坐在桌边，在你们对面；他生着圆圆的，细致的脸儿，而在脸上，在两旁，在颞颥上，是两个长长的三角形的脱了发的鬓角；刚杜艾拉蓄着两撇好像是剪短的八字须，使你们回想起一八五〇年的文官的八字须，两撇浓厚，黑色，很快地收窄而变成两个尖锐的须端的八字须；刚杜艾拉穿着一套朴实的灰色羊毛呢的衣服；刚杜艾拉光彩地佩着一条难以言状的领带，这种领带，你相信是曾经在一个新委的军官，一个在咖啡店中演奏的提琴家，一个商店中的店员，一个医科大学生的胸前看见过一千次的；刚杜艾拉默不作声地进食像大家一样，像他的左面，右面，对面的同桌人一样。于是你注视了他一会儿，想道："这里是一个完全平凡的人，这里是一个可怜的人，也许是一个什么部的职员，也许是一个做小本经营的人。"

但是你们错了。立刻，那位正在和倍拿尔陀爷谈话的刚杜艾拉，说道："有一次我搭快车从勃鲁赛尔到巴黎去……"这样，你们就把那放到嘴边的叉子拿住不动，愕然地望着刚杜艾拉。而刚杜艾拉却从容不迫若无其事地继续吃着。于是你又想道："无疑地，这位可怜的先生曾经偶然搭国外的特别快车旅行过一次。"可是刚杜艾拉又和爱米留爷谈起来了："是的，我认识他，因为他在王家剧院的长期座位是在我的旁边……"于是你们又举起目光，格外诧异地，格外惊愕地，望着刚杜艾拉。这样，你们渐渐地明白，这位刚杜艾拉——一位著名的银行家的承继人——是拥有一笔极大的财产，曾经旅行过外国，住在一所豪华的住宅中，并且高兴的时候就坐着马车游玩。于是你们便凝思着，把你们的一切印象集合起来，于是又说道："这里是一个朴素，充实，自然的人；这里是那些罕有，例外，具有一切长处，然而却有毫不显露的微妙的艺术的人们中的一个。"

而当日子渐渐地过去的时候，当你们已经和刚杜艾拉长谈过的时候，你们便看出这个可怜的人是一个地道的马德里人，真正的马德里人的例范和纲要；那就是说，一个精细，能屈能伸，善讽的人，有点儿平凡无奇，有礼貌，勤勉，直觉，伶俐……没有刚杜艾拉，萨尔第瓦尔的生活便不可领会。刚杜艾拉每年都来；他经过这里到圣赛巴斯谛昂，又从圣赛巴斯谛昂到比阿里兹去。刚杜艾拉是大家的朋友；他对你们讲两句关于这个或那个浴客的生活，他不时奉敬你们一句机智的话。刚杜艾拉凭着他有分寸而合时宜的和蔼态度得到一切妇女的欢心。他第一个问她们，在她们最近的旅行中作什么消遣；他扶持她们上落马车的踏脚镫；他为了某件或几件小事而向她们假装一种滑稽的微愠之色。

"侯爵夫人，我对你很生气。"

日涅富安德侯爵夫人，那位大家都认识的有点天真的粗心的贵妇人，呆望着他。

"为什么呢，刚杜艾拉？"

"今天早晨在公园里碰到你，你没有和我招呼。"

"天哪，刚杜艾拉！"那侯爵夫人用着一种使你们大家都不会忘记的那么哭丧着的声音喊着。

于是刚杜艾拉便低倒了头对着食盘，装着一种愁容满面的，可怕的沉默……

载《华侨日报·文艺周刊》，一九四五年一月七日

刚杜艾拉

散文六章

〔法〕韩　波

神　秘

在坡坂上，天使们在钢铁和翠玉的草丛中旋转他们的羊毛衫子。

火焰的草场一直奔跃到圆丘的峰头。在左面，山脊的土壤是被一切杀人犯和一切战争所蹂躏过，一切不祥的音响在那里纺着它们的曲线。在右面的山脊后，是东方的，进步的线。

而在画面的上方，集团是由海螺和人类的夜的旋转而奔腾的音籁所成的。

群星，天宇和其他的开了花的温柔，像一只篮子似的，贴近我们的脸儿，在坡前降下来，而在下方造成了开着花的青色深渊。

车　辙

在右面，夏天的黎明唤醒了公园这一隅的树叶，雾霭和音响，而左面的斜坡，在它的紫色的荫里，拥着潮湿的路的一千条深车辙。仙境的行列。的确：满载着装金的木造动物，樯桅，和五彩帐幕的大车，二十匹马，戏班中的斑纹马载驰载奔着，骑在最惊人的牲畜上的孩子和大人；——二十乘车辆像往昔或童话中的四轮马车一样地攀着绳索，张着旗帜，饰着花，满载着盛装赴郊外的社戏去的孩子们——甚至还有那些竖起乌黑羽饰，在青色和黑色的大牝马的蹄声得得之中驰过去的，罩在夜的花盖下面的棺椁。

花

从一个黄金的阶坡上——在绸的绶带，灰色的轻绡，绿色的天鹅绒和那条太阳下的青铜一样地暗黑下去的水晶盘之间——我看见毛地黄在一片银嵌细工、眼睛和头发的地毯上开出花来。

撒在玛瑙上的黄色的金线，支着一个翠玉的圆屋顶的桃花心木的柱子，白缎的花束和红玉的细枝，团团地围绕着水莲。

正如一位生着大眼睛和雪的形体的神祇一样，海和天把少年力壮的蔷薇之群招引到云石的坛上来。

致——理性

你的手指在鼓上一击，就散放出一切的音而开始了新的和谐。

你的一步，那就是新人的征召和他们的启行。

你的头转过去：新的爱情！你的头转过来：新的爱情！

"改变我们的命份，清除我们的灾祸，从时间开始。"那些孩子对你唱着。"不论在什么地方，提高我们的命运和我们的意愿的品质。"人们请求着你。

你永远到来，你将到处都离去乎。

黎　　明

我拥抱过夏天的黎明。

在宫邸的前面，什么也还没有动。水是死寂的，阴影的营寨并未从树林的路开拔。我蹀躞而行，唤醒鲜活而温暖的呼吸；宝石凝视，翎羽无声地举起。

在已经充满了新鲜而苍白的小径中，第一个企图是一枝花向我说出它自己的名字。

我向那片松林披散头发的瀑布笑。在银色的树梢，我认出了女神。

于是我把那些遮纱一重重地揭开。在小径中，挥动着臂膊，在那我把她报知与雄鸡的平原上。在大城市中，她在钟塔和圆屋顶之间奔逃：像一个在云石堤岸上奔跑着的乞丐似的，我追赶着她。

在路的上方，在一座月桂树林边，我把她和她的重重叠叠的遮纱一起抱住了，于是我稍稍感到一点她的巨大的躯体。黎明和孩子在树林边倒身下去。

醒来时，是正午了。

战　　争

孩子的时候，某一些天宇炼净了我的眼界，一切的性格使我的容颜有了色泽。各现象都受感动。——现在呢，时间的永恒的角逐和数学的无穷在这世界上猎逐着我；在那里，我忍受着一切市民的成功，受着奇异的童年和巨大的情爱的敬重。——我想到一个战争，由于权利或由于不得已，由于十分意外的逻辑。

这是像一句乐句一样地简单。

载《华侨日报·文艺周刊》，一九四四年七月十六日

在快镜头下

［捷克］却贝克

赶 飞 蛾

一个人手里拿着一本书或是一张报纸坐着；突然，他抬起头来，游目追望看空中的什么东西，好像望着一幅看不见的照相似的。接着他跳了起来，用手抓了一把，此后就跪了下来，用手掌拍了一下地。他又跳了起来，用手抓着空虚；奔到一个角隅去，一边拍着他的手，拍了一下墙，然后小心地看着自己的手。接着他无可奈何地摇着头，而走过去又坐了下来，怀疑地望着他刚才拍过一下的那一个角隅。三秒钟之后，他又一跃而起，跳到空中，击着手掌，倒在地上，打着墙壁和家具，发狂地挥动着他的臂膊，跳来跳去，头转来转去，然后又坐了下来。五秒钟之后，他又跳了起来，把这仪式一般的跳舞又重头至尾表演了一次。

追 电 车

这一件事，你须得要有一辆刚要开出去的电车。在这个时候，一个走到停车站去的人掉过头去，开始把他的腿更快地活动着，动作像一把剪刀似的；此后他像游戏一般地轻跳着，接着就跑慢步，一边还微笑着，好像这样做不过是玩玩而已。接着，他一手按住帽子，开始竭力奔跑了。那辆当时的确等过一会儿的电车，现在开足速力开出去了。那追电车的人绝望地奔跑了几步，而那电车却隆隆地毫不关心地驰过去了。这时候，那追电车的人下了这样的一个结论：他赶不上那辆电车了，他的热衷崩溃而消失了；他带着没力的奔跳向前跑了几步，然而停了下来，在那已去的电车后面挥着手，好像是说："没有关系，你到地狱去也尽便，走吧！我可以等第二辆电车——比你更好一点！"

牵狗散步

一个牵狗散步的人，往往自以为他牵着狗，而不是狗拉着他。如果那头狗要嗅一下什么东西，它的主人也停了步子，望着周围的建筑物或是自然景象；而当那头狗爬下来大小便的时候（这样做便是降低它的主人的身份了），它的主人就慢慢地燃起一根纸烟，或是表示出他正需要在这里逗留一会儿，表示他正在凝想什么事情，竟一点也不知道他的狗这时在做什么。

颠　踬

一个人踏着什么东西滑了一下，或是为了什么完全外来的理由突然变更了他的步伐的韵律。他往往惊愕地挥动他的臂膊，好像要抓住什么人似地，然后用那最失体面的匆忙去重获他的失去的平衡。但是他一这样做了之后，他就带着一种显著而有精力的敏捷继续走着，好像对一切过路的人说："喂，你们在呆看什么？你们以为我要跌一交了吗？嘿，我没有跌，可是这又和你们有什么关系呢？难道你们不看见，我现在这样大踏步走着吗？"

避　泥　泞

一个踏过泥水潭的人实在是这样干的。他先站在潭边，想一个方法不弄湿脚越过那水潭；接着他轻轻地跨着步子，像一只猫似的，只用他的脚尖儿踏地；此后他振作起精神，在水潭中跳着，改变方向，非常小心地前进；然而，出乎他意料之外地，他恰巧踏在泥泞的最深最肮脏之处。那时这想避开泥泞的人，便会表现出一种喊"啊哟"的面目；他颓然地停止了一会儿，然后从泥水潭的最深之处挣扎出来。在长长的旅程中，像人生的旅程一样，这叫做安命。

载《华侨日报·文艺周刊》，一九四五年四月十五日

文　学（一）

[法] 瓦雷里

书和人有同样的仇敌：火，潮湿，虫豸，时间；以及他们自己的内容。

赤裸的思想情绪像赤裸的人一样弱。
因此应该给它们穿衣裳。

思想具有两性：自己受胎并自己生育。

绪言。
诗的存在是本质地可否定的；这差不多可能是对于我们的骄傲的引诱。——在这一点上，它是像上帝本身一样。

人们可以对诗充耳不闻，对上帝熟视无睹——其结果是觉察不出来的。

可是那人人都可以否定而我们又愿意它存在的——却成为我们的存在理由之中心和强有力的象征。

一首诗应该是"智"的祝庆。它不能是别的东西。

祝庆，那便是一种游戏，但却是庄严的，但却是合规矩的，但却是有意义的；人们并不是在等闲之时的姿态，另一种境界——其中的努力是韵律，是赎回来的——的姿态。

人们在完成某件东西或将它以其最纯粹最美的状态表现出来的时候，便是祝庆某件东西。

这里，就有语言的机能，和它的反现象，它的含蓄，它所分离的东西的识别。人们除去它的烦琐，它的弱点，它的日常气。人们组织语言的一切可能性。

祝庆完了，什么都不应该剩余下来。灰烬，践踏过的花带。

在诗人之中：
耳朵说话，
嘴听，
产生梦的是智慧，惊醒，

看得明白的是睡眠，

凝视着的是意象和幻象，

创造着的是不足和缺陷。

大部分的人对于诗有着一个那么渺茫的观念，所以他们的观念的渺茫本身，对于他们就是诗的定义了。

诗

是由于有音节的语言的方法，去再现或恢复那种呼喊，眼泪，抚爱，接吻，叹息等等所朦胧地试想表达出来，而物体似乎想在它们所具有的表面的生命或假设的意向中表达出来的，那些东西或那东西的企图。

那东西是不能有别的定义的。它具有那在回答……的东西时所消耗的精力的性质。

思想应该隐藏在诗句中，正如营养力之在果子中。果子是营养物，但是它只显得是鲜美。人们只感到愉快，但人们却接受到一种滋养料。快感遮蔽着这种它所支配着的觉察不出来的营养物。

诗只是归纳到活动元素的本质的文学。人们清除了它的种种偶像和现实性的幻觉；那在"真实"的语言和"创造"的语言之间的可能的模棱，以及其他等等。

而语言的这个差不多创造的，虚构的任务——（语言呢，本原是实用的，真实性的）是由于脆弱或由于题目的任意，而被变成尽可能地明显的了。

一首诗的题目之对于一首诗，犹之一个人的名字之对于一个人一样，是无关系而又重要的。

有些人甚至是诗人，而且是好诗人，都认为诗是一种任意的奢侈的业务，一种可有可无的，可兴可灭的特别事业。人们可能取消了香水的制造者，酒的制造者，以及其他等等。

别一些人以为诗是那深切地系附于那在知识，时间，隐蔽的不安和事业，记忆，梦等等之间的内心生存的境地的，一种十分本质的特性或活动的现象。

散文作品的趣味是出乎作品自身以外而从本文的消耗中产生出来，——而诗底趣味却不脱出诗又不能离开诗。

诗是一种残存。

诗，在一个语言的单纯化的，形式的变更的，对于它们的无感觉的，专门化的时代——是保存下来的东西。我意思是说现在人们不会发明诗。再说也不会发明种种的仪礼。

诗人也就是那探求表现的明确和想象得出来的方式的人。语言的极好的偶然：某个字眼，某种字眼的配合，某种章法的抑扬——某种门路，都是他由于诗人的天质所遇到，唤起，偶然碰到和注意到的，便是这表现的一部分。

抒情是感叹词的发展。

抒情是必先有起作用的声音的一种诗，——那从我们看见或感到如在目前的东西直接出来，或由它们引起声音。

有时，精神要求诗，或要求那有什么隐藏的泉源或神性的诗的归宿。

可是耳朵要求某一个声音，而精神却要求某一个字，而这个字的音，又是不合耳朵的愿望的。

长久长久以来，人声是文学的基础和条件。声的存在说明了最初的文学——古典文学便是从而取得其形式和那可佩的气质的，整个人体是在声音下面，是它的支撑，思想的平衡的条件……

有一天来了，人们能够不拼音不听而用眼睛看书，于是文学便因而全盘变性了。

这是一个演进——从分明的到轻淡的，从有节奏而连锁的到短暂瞬息的，从听闻所接受并要求的到敏捷，急切而自由的眼睛在一张书页上所接受并带去的。

声——诗

人们所能以人声陈述的诸长处，也就是人们所应该在诗里研究并拿出来的诸长处。

而声的"磁力"应该移置在思想的或字眼的神秘而极端正确的结合中。

美丽的音的赓续是主要的。

灵感的观念包含着这些：不须任何代价的东西是最有价值的东西。

最有价值的东西不应有任何代价。

还有这个：以自己所最不负责任的东西为自己最大的光荣。

只要稍加修改——灵感的全部原则便崩溃了。——智慧消灭了上帝所轻率地创造了的东西。因而应该分配一份给智慧，否则便要产生怪物了。可是谁来分配呢？如果是智慧，那么她便是女王了；如果不是她，那么是一种完全盲目的力量吗？

这位大诗人只是一个充满了误解的头脑。有的误解使他倾向好的方面而扮演着天才的奇特的突进。有的和前者毫无两样的误解，却显着它们的本来面目，蠢话和胡诌。这便是当他要对于前者加以思索并从而提出结果来的时候的情形。

写作而不知道语言，字眼，比喻，思想转变，调子是什么；也不理解作品之经久的结构和它的终局的条件；只知道一点儿为什么，而绝对不知道如何，是多么地可耻！做着巫祝是可羞的……

载《新诗》第二卷第一期，一九三七年四月

文　学（二）

[法]瓦雷里

古修辞学将诗的继续的洗练所终于显示为诗的目的的本质的那些诗藻和关联，认为是装饰和矫作；而分析的进步，却总有一天会发现它们是深切的特质的效能，或那可称为形式的感受性的东西的效能。

两种韵文：已知的韵文和计算的韵文。

计算的韵文是必然地在待解决的命题的形式之下表现出来的那些——它们的主要条件第一是已知的韵文，其次是已经由这些已知量所包括的脚韵，章法，意义。

即使在散文中，我们也往往被牵制着被勉强着去写我们所不愿写的东西。而我们之所以如此做者，是为了我们所曾愿写的东西要如此。

韵文。模糊的观念，意向，无量的意匠的冲动，撞碎在有规律的形式上，习例的韵文法的难以战胜的禁令上，孕成了新的东西和意料之外的辞采意志和情感之与习惯的无感觉性的冲突，有时会生出惊人的效果。

韵有着这个大成功：那便是使那些愚蠢地相信天下有比习例更重要的东西的单纯的人们发怒。他们有着这种天真的信念，以为某种思想可能比任何习例……更深长，更经久……

这并不是韵的至少的愉快，为此之故，它最不温柔地悦耳。

韵——形成一种对于主题独立的法则，而可以与一口外表的时钟比拟。

意象之滥用，繁杂，对于心的眼睛，发生一种和调子不相容的骚乱。在万花缭乱中一切都变成相等了。

作一首只包含"诗"的诗是不可能的。

如果一首诗只包含"诗"，它便不是作出来的了；它便不是一首诗了。

幻想，如果它巩固自己而支持一些时候，它便替自己造出器官，原则，法则，形式，等等；延续自己的，固定自己的方法。即与被调协起来，即兴之作被组织起来，因为没有东西能够存在，没有东西能够确定而越过瞬间，除非那结算诸瞬间所需要的东西是被产生出来。

韵文的品位：一字之缺就妨碍全部。

记忆的某一个混杂产生了一个字眼，这字眼并不是适当的，但却立刻变成了最好的。这个字眼创了一种流派，这种混杂变作了一种体系，迷信，等等……

一种令人满意的修正，一种意外的解决显露了出来，——全靠了在那不满意而舍置在一边的稿纸上的突然的一瞥。

一切都觉醒了。以前没有着手得法。一切都重复生气勃勃了。

新的解决透出一个重要的字眼，使这字眼自由——好像下棋似的，一着放了这"士"或这"卒"，使它们可以活动。

没有这一着，作品便不存在。

有了这一着，作品便立刻存在了。

当一件作品的完成——认为它已完成的判断，是唯一地依附于它讨我们喜欢这条件的时候——这作品是永远没有完成。比较着最后状态和终结状态，novissimum 和 ultimum 的判断，有一种本质的变迁。比较的标准是无常的。

成功的东西是失败的东西的变形。
因此失败的东西只是由于废弃而失败的。

作者方面。别说。

一首诗是永远也不完成的——往往是一件意外结束了它，那就是说把它拿出去给读者。
那便是疲倦，出版者的要求，——另一首诗的生长。
可是（如果作者并不是一个痴人）作品的现在状态永远并不显得它是不能生长，改变，被认为最初的近似，或被认为一个新的探讨的出发点。
我呢，我以为同样的主题和差不多同样的字眼可以无穷尽地拿来再写而占据一生。

"完美"便是工作。

如果人们想得出创造或形式的采用所需要的一切探讨，人们便永远不会愚蠢地拿它来和内容对立。

因为处心积虑要使读者的分子尽可能地少——并甚至要自己尽可能少地剩下游移和任意，人们才趋向形式。

坏的形式便是我们感到有更换的需要而我们自己更换的形式；我们复用着，模仿着而不能变得再好一点的形式，便是好的形式。

形式是本质地和复用联系在一起的。

对于新的偶像崇拜，因此是和形式之关心相反的。

真的和好的规则。

好的规则便是那些重提起最好的契机的特质并强使人用它们的规则。这些规则是从对于这些顺当的契机的分析中取出来的。

这是对于作者的规则，尤甚对于作品。

如果你是常常有识别力的，那么就是你从来也没有冒险深入到你自身之中去。

如果你没有，那么就是你曾冒险深入而一无所得。

一件作品的每一个部分都应该"动作"。

一件作品的诸部分应该由许多条线索互相联系着。

定理

当作品是很短的时候,最细小的细部的效果之伟大是和全部的效果之伟大相同的。

凡有一个可以用别的文章来表现的目标的文章,是散文。

对于作者的忠告

在两个字眼之间,应该选最小的那个。
(这小小的忠告,但愿哲学家也接受。)

载《新诗》第二卷第二期,一九三七年五月

艺文语录

[法] 瓦雷里

记忆是作家的裁判。它应该觉察出，它的作家是否意会到并确定了那"易忘的"形态；而且应该提醒他，对他说：你不要止于我那感到记不住的东西上。

在极美的文章中，语句是描画出来的——
意向是测度出来的——事物仍然有其灵性。
在某一种程度，语言虽则穿透而又接触，但却仍然纯洁如光。它留下可以度量的阴影。它并不消失于它所唤起的色彩中。

"而我的诗，不论好'坏'，永远言之有物。"
这就是无限不堪入目的东西的原则和萌芽。
"不论好坏"，——多么地洒脱！

"有物"，——多么地自负。

哲理诗。

"我爱人类的苦痛的尊严"（维尼句）。这句诗是不宜于思考的。人类的苦痛并没有尊严。因此这句诗不应加以思考。

而这是一句"好诗"，因为——"尊严"和"苦痛"形成了两个"重要的"字眼的一种美好的"调和"。

便秘，牙痛，不安，绝望者的挣扎是毫无伟大之处，毫无庄严之处的。这句好诗的意义是不可能的。

因此无意义可能有一种极好的音响。

同样，雨果的诗句：

"辉耀出夜来的一片可怕的黑太阳。"

想起来是不可能，这阴面是可观的。

批评家不应该是一个读者，却应该是一个读者的证人，即旁观他读书并受感动的人。批评的大作用是读者的断定。批评的目光太偏向作者方面。它的效用，它的实证的任务可能由下列形式的意见表现出来："我奉劝某一种气质和某一种脾性的人读某一种书。"

当作品出版了的时候，其作者所给与它的解释，便不复比任何别人所给与它的解释更有价值了。

如果我画了彼易尔的肖像，而有人觉得我的作品不大像彼易尔，而更像约克，那么我是无可置辩的——而他的肯定和我的肯定价值是相同的。

我的意向只是我的意向，而作品是作品。

一位真正的批评家的目的，应该是发现作者（不知道他或知道他都好）所提出的是什么命题，并探求他是否已解决了这命题。

明白。

"开了这扇门。"

这是一句明白的句子。——可是如果别人在旷野中对我们说这句话，我们就不懂得它了。可是如果这是一个比喻说法，它是可能被懂得的。

而这种千变万化的条件，一位听者的心灵在于能否"提供"它们，而"加上它们或否"。

对于许多问题，往往在人们相互之间比人们"独自"了解得更深。几个同样的字眼，对于那迷离于它们的"意义"的孤独者是晦涩的，可是在相互之间却明白了。

一件作品包含读者自己所毫无困难又不加思想而形成的东西愈多，则这作品愈"明白"。

投许多人之所好的东西有着那些统计的特征。它的中庸的品质。

最低级的式样就是那要求我们最少的努力的式样。

当一个理论是被另一个理论攻击的时候，我们往往应该自问：如果那旧理论尚未为人所知，而那最近的理论是占有着它，那么那旧理论就可能有着新理论的一切蛊惑。

假发曾经做过新生的毛发和新奇的时装。

在一个一向作"自由体"诗的文学世界中，一个倡制亚力山大体的人，一定会被当做狂人，而因此会做革新者的先导。

载《华侨日报·文艺周刊》，一九四五年二月二十日

文学的迷信

[法] 瓦雷里

　　凡对于文学的语言条件有任何的遗忘的一切信念，我均加以这样的称呼。

　　例如"人物"那些"没有脏腑的"活人的生存和"心理"。

　　备考，艺术中的猥亵的大胆（那可能为人公开容许的）与画像的明晰成着反比例而生长着——在公开的绘画中，没有恋爱的二部合唱。

　　在音乐方面，什么都是容许的。

　　人的生活是包含在两种文学样式中。人们始于写自己的欲望，而终于写自己的回忆录。

　　人们走出了文学，而又回到那里去。

那给与我语言的一种最崇高又最深切的观念的书，我称之为一部佳著。犹之一个美丽的躯体的光景，提高了我们对于生活的观念。

这种感觉的态度渐渐至于把一般的文学，以及每部单独的书，凭着它们所提示或暗示的对于"语言的宇宙"的调节和把握之心神和自觉的关注和放任，来加以判断。

"作家"：他所说的是往往比他所想的多一点和少一点。

他在他的思想中减一点和加一点。

他所终于写出来的绝对不和任何真实的思想符合。

那是更丰富和更不丰富。更长和更短。更明白和更晦涩。

所以要从其作品来再造一位作者的人，必然替自己造出一个想象的人物。

一只猴子的印象大概有一种伟大的"文学的"价值吧，——在"今日"。而如果那猴子签上一个人的名字，那就会是一位天才了吧。

一个具有深切而冷酷的智力的人，可曾对于文学发生兴趣呢？在哪一点上呢？他把文学放置在他的心灵的什么地方呢？

　　给自己的每一个困难建造一个小小的纪念碑。给每一个问题建造一个小小的庙堂。
　　给每一个谜立它自己的墓碑。

载《香港艺文》，一九四五年二月一日

许拜维艾尔论

［法］马赛尔·雷蒙

　　要数说茹勒·许拜维艾尔（Jules Supervielle）所受的影响的人，可以举出拉福尔格（Laforgue），格罗代尔（Claudlet），韩波（Rimband），魏特曼（Whitman），罗曼（Romains），里尔格（Rike）等的名字来。例如他对于里尔格的默考，似乎帮助了他去使那隔离着生和死的墙板，变成尽可能地薄而且透明。然而许拜维艾尔却并不和他的师表中的任何一位相像。他是那么地不能以别人代替的，如果他不存在，如果他并不也对于新诗人起一种甚至比艾吕亚（Eluard），茹扶（Jouve）或法尔格（Fargue）更显著的有效的作用，那么人们便已经可以毫无困难地估量出欧战以后的诗歌的缺陷了。

　　茹勒·许拜维艾尔是轮回，万物变形，神秘的心灵感应的诗人。靠了这些，"同一成为别个"，靠了这些，万物在不可见之中起了交感，交换着它们的流体和使信；这样，"从最忠于土地的村庄中"，人们听到"珊瑚在海底里成长"。他是反纳蕤思论者（anti-Narcisse），忙于打破"自我"的囚牢，摆脱灵魂的小心的监视；他是"永恒地粗松"，无限地粗松，急切地愿望在野兽，水，石之中见到自己；他或许是从南美洲大原野（pampa）的长空中的一片风中，或是面着爆裂着繁星的夜，从南大西洋的一片白浪中生出来的。和那些超现实主义所愿望的相反，在他看来，宇宙是"无限地布着神经"的。他常常起着逃避自己摆脱自身这种愿望，但是并不是要摆脱人世，摆脱宇宙；正相反，他需要空间和时间，过去和未来，生和死，天界的广大的空虚，劫初的星云，以及"在沉默后面"带着一种震耳欲聋的声音织着的一切奇遇。

这种诗的大原动力，便是那对于世界和生存的形而上学的感情，便是形而上学的苦闷。但愿人们现在不要想象这是一种高傲的态度，一种泊罗美德（Prométhée）式的冲动吧。雨果向"绝对"放出去的铁甲骑兵的突击，那名为阿尔都·韩波（Arthur Rimband）的"可怕的工作者"的渎神的活动，在一切形式之下的浪漫派的反抗——一直到超现实主义者们的反抗为止——这都和他的性情相差得很远。在他身上，没有什么是基督教或反基督教

的；他对于上帝没有复仇的必要。这位诗人——囚徒是
无罪的。他虽则会在必要时高声呼唤死者，但他却是柔
和，亲密，委宛，谦卑的。他的礼拜动物是蜥蜴，他像
它一样一动也不动地等待着，窥伺着一个征兆，"而人们
竟可以说他是以蜥蜴的方法思想着的"。为要拆穿秘密起
见，最好是轻轻地走上前去，倾耳听着：

> 在场的人，说得轻一点，
> 他们可能听到我们
> 而把我卖给死
> 你们把我的脸儿
> 藏在树枝后面吧，
> 让他们分不清是我呢
> 还是世界的影子。

从许拜维艾尔的初期作品中，就散发出一种南美洲
和海洋的大自然的未开拓的情感，一种逐波而进，漂运
着海草海花，而终于成为一缕缕细长的水，来到沙滩上
静止了的飘渺的诗情。一片波浪，那使海船左右前后颠
簸的波浪，已经横贯在他的诗情中了。从那个时候起，
许拜维艾尔就从来也没有完全重新找到坚实的土地过；

如果他抬起眼睛来，那也不过是看看天心"像一枝樯桅的顶一样"地飘摇而已，那已不复是地理的而是宇宙的，有那改移为心灵的意象的星宿之运行和太虚之风景描映着的引力中的诗情，是被大风暴的不断的恐惧所动摇着，所颠倒着。在《无罪的囚徒》那个集子中，这种宇宙的诗情增添了一个新的积量，而且，虽则不断地仍以宇宙为主题，但却渐渐地蜕化成一种形而上学的诗了。从此以后，他甚至连银河的最辽远的涯岸也"使成为人间的"了，特别是什么都不死了，生物也不，回忆也不。往日的我们的一切，我们的感觉和我们的愿望，都追随着我们，四散在太空之中，像没有实体的形一样的，像抽象而不可见的模型一样的，像浸润着我们现在的生存，指导着我们的思想，并在我们不知不觉之中激动我们的那种流体一样地旅行着。

哦，被我们常常和寂定混淆的，
像雨中的墓碑铭一样地迷失在你们的微笑中的
行动秘密的死者们啊，
因为时间距离太长而姿势矫作勉强的死者
们啊，
……

你们已医好了那血的病，
那使我的干渴的血的病。

你们已医好了
看海，看天，看树林的病。

你们已诀别了嘴唇，它们的理性和它们的接吻，
以及那到处跟着我们而不安抚我们的手
……
可是在我们身上
除了这和你们相像的冷以外，什么都不是真
实的了……

　　正如保尔·瓦雷里（Paul Valéry）到那安息着他的先
人的马格洛纳（Maguelonne）的海滨墓地去默考生与死
一样，茹勒·许拜维艾尔选了那有"不愿意生者和死者
有别而垂倒了眼皮"流着的山涧的，他的祖先的城奥洛
龙·圣玛丽，去用一种沉着的声音，歌唱他在生与死之
间的大踌躇，以及那在他心头希望秘密地追随睡在地下
的盲目的骸骨的，他的对于"生着石灰质的脸儿"的群
众的谦卑而温和的请愿。

可是这位把手放到一支蜡烛的火焰上去证实自己还活着的梦游病者诗人，却绝不放松变形的线。他觉得什么都不是陌生的——但除了他那命令他舍己为人的灵魂。难堪的服从……他是那么深切地感到，所以便有一个深深的连带关系，把他和那在激流的底里生育着，蠕动着，飞翔着，翻滚着的一切，联合在一起：

> 　　石头，无名的伴侣，
> 　　还是做个好人吧，柔顺下来吧，
> 　　……
> 　　白天，你是很热的，
> 　　夜里你便很明爽了，
> 　　我的心在你周围徘徊……

　　一切都是从石头里出来的，甚至那在傍晚像思想一样回转着的鸟儿，甚至那些在空间的不可知的部分交换着闪电的兽和人的目光。正如需要过去和现在一样，许拜维艾尔也需要将来的创世纪。

> 　　那在千万年之后
> 　　将成为一个还睡眼蒙眬的少女的，

珠蛎啊，玉蛤啊，我的贝啊，

给我形成她，给我形成，

让我给她的嘴唇和眼睛的诞生

施着彩色……

　　为要认识他的宇宙的祖国，为要获得那抵抗恐怖的
安慰和保证，他正如需要人一样地也需要石和兽。

　　在那首题名为无上帝的诗中，我们看到了那已经"知
道"身后的生活和身后的旅行是什么，或至少知道那由
两只瞎狗领着路，坠入冰冷的太虚中去的那种旅行的开
始和苦恼是什么的诗人的苦闷：

面有饥色的麒麟，

哦，吃星的食客们，

在野草的纷乱中

寻着"无限"的牛，

你们这些以为追获了他的

猎犬们，

你们这些知道他躲在下面的

草木的根，

对于我这个活活地迷了路，

除了夜间的沙土以外

更没有别的依靠的人，

你们变成什么了呢？

可是大地还远着呢……

在我近旁的天空使我苦恼又对我扯谎，

他去夺了那留在后面的我的两只冻僵的狗，

于是我听到它们的贫血的，寂定的吠声，

群星聚集起来向我递过链条。

我可应该卑屈地把我的手腕向它们呈上去？

一个很想使人相信是在夏天的声音

对我人性的疲乏描摹着一张公园的长椅。

天老在那里掘它的路，

一声声鹤嘴锄的回音打到我胸头来了。

天啊，低低的天啊，我用手碰到你，

我便弯身走进天的矿穴里去。

除非上帝是存在的……但却是一个不满足，不完全

的上帝，做着世人的大长兄，没有能力对于那些"只是他的大苦痛的碎片"的生者和死者施行权力。

现在，许拜维艾尔似乎已走进了一段冬眠时期；他觉得那些宇宙的冒险太不可靠——甚至是空想的；他深信一个人随便想什么都会受罪，深信精神世界是像现实世界一样地真实——他真对于这两者有辨别吗？——深信人们可能在精神世界中酝酿大灾祸。还是隐藏一些时候，舍弃阳光，开拓这肉体，驯熟它，诊察这颗心并看见它的好：

> 血做的高原，
> 受禁的山岳，
> 如何征服你们呢……
> ……
> 回到你们的源流去的
> 我的夜的河流，
> 没有鱼，但却
> 炙热而柔和的河流。

当代的诗不大有比这更动人的，虽则在这些诗中感情并没有为了自己而被歌咏；不大有比这更少知识气的，虽则在这些诗里知识从来也没有被戏弄过；不大有比这更近人性的，虽则在这些诗里诗人只希望和大地形成一种精神的共同关系。在另一方面，许拜维艾尔的神奇并不勉强我们走出生活，去看那脱离肉体的精神所给与它自己的夜间的节庆；他反而请我们回我们的肉体，我们的血去，请我们在一种颤动的同情和秘密的悲剧的气氛之中，去和我们地上的定命符合。这种那么不大有教训性，而所表现的一切，又无一不是体验过的诗，有时候很像是科学在那它只能摸索前进的领域中为我们留着的，一种惊人的发现的先声。

载《新诗》第一卷第一期，一九三六年十月

简述戴望舒的早期创作和翻译

（代后记）

陈　武

1

戴望舒的文学创作，始于他的中学时期。

1919年五四运动那一年，戴望舒14岁，考入了杭州宗文中学。读书期间，戴望舒开始文学创作。创作的第一篇文学作品，是短篇小说《债》，写于中学第三年的1922年8月，发表于《半月》杂志第1卷第23期。《半月》杂志为半月刊，1921年9月16日创刊于上海，先后由上海半月社和大东书局发行，周瘦鹃任该刊编辑。周瘦鹃是鸳鸯蝴蝶派作家，由他出任编辑，自然还是偏向于这一方向，即以才子佳人、男女私情、社会传奇等面向大众的文艺作品为主，每期以小说主打，亦有少量散文发表，是鸳鸯蝴蝶派的重要阵地，当时有名的鸳鸯蝴蝶派作家如包天笑、顾明道、李涵秋等，都在《半月》上发表小说。17岁的戴望舒第一篇小说即在《半月》上发表，给他的文学创作带来极大的信心。紧接着便在杭州出版的《妇女旬刊》上陆续发表《势之升长（理想派剧）》《波儿（续）》等文章。宗文中学是一所私立学校，受当时风气的影响，该校有不少年轻人热爱文学，比如张天翼、杜衡等，他俩只比戴望舒晚一届。就在戴望舒发表第一篇文学作品《债》的同一月里，戴望舒、张天翼、施蛰存、叶秋原、李伊凉、马天骕、杜衡七个热爱文学的青年，在杭州成立了兰社。年底，兰社成员在杭州飞来峰下的冷泉溪畔聚会并摄影留念。照片以《冷泉兰影》为题，分别写上了他们的笔名"梦鸥、涤源、寒壶、无诤、鹃魂、弋红、伊凉"发表于《星期》第42期上。《星期》也是鸳鸯蝴蝶派主将包天笑主编的一本综合性文学刊物。从此，这个规模不大的团体中的各位作者，以不同的姿态和面目出现在沪杭一带出版的各种报刊上，戴望舒的创作和翻译，也由此拉开了序幕。1922年10月，他的短篇小说《五百五十年间》发表在《妇女旬刊》第87期上，不久后的11月，另一篇短篇小说《虚声》又发表于该刊第 90 期上，12 月又在《半月》第 2 卷第 7 期上发表短篇小说《卖艺童子》，此外《红杂志》第 1 卷第 8 期和第 1 卷第 16 期上还发表了他的短文《滑稽问答》、两篇笑话《拍卖所中》和《死所》。《红杂志》也属于鸳鸯蝴蝶派，在 1924 年 8 月出版第 100 期时，改为《红玫瑰》，由严独鹤任名誉主编，主要作者除严独鹤外，还有赵苕狂、包天笑、郑逸梅、徐枕亚等人。1923 年 1 月，戴望舒又在《星期》第 45 期上发表短篇小说《母爱》。

年轻的戴望舒，其早期创作，很大程度上，受到了鸳鸯蝴蝶派的影响，不仅他发表作品的杂志是由鸳鸯蝴蝶派主将担任主编，就是其作品也具有鸳鸯蝴蝶派的特质。如《滑稽问答》，共由 15 则问和答组成，就具有插科打诨和消遣闲趣的特点，如"（问）世界最小之梁为何？（答）鼻梁。""（问）何物为士人所不需，且永不得有，然为女子所必欲得者？（答）夫。""（问）何物一度见之而后永不得见者？（答）昨日。""（问）何种账目为算不清者。（答）混账。"再如笑话《死所》，是一个胆小的人和一个水手的交谈，胆小的人问水手的父亲死在哪里，水手回答死在海里，又问其祖父死在哪里，也是死在海里。胆小的人就很纳闷，既然这样，你为什么还要做水手呢？意思是不怕死在海里吗？水手又问胆小的人父亲和祖父死在哪里。胆小的人都说是死在床上，水手最后说，如此你天天为啥还要到床上去睡觉？戴望舒早期的小说，同样也具有鸳鸯蝴蝶派小说的影子，如《债》《卖艺童子》《母爱》等。

2

1923 年 1 月，对于戴望舒来说极其重要，还是一名中学生（四年级）的他，就和兰社同仁创办了杂志《兰友》旬刊，并担任主编，社址和编辑部就设在他的家中，即大塔儿巷 28 号。该旬刊为报纸型，横向八开，每期出 4 至 8 页不等，每旬逢 1 出刊，以刊登旧体诗词和小说为主，也有短论和杂文。这也是戴望舒走上编辑生涯的起点。在他中学的最后一学期中，他的主要精力都用在了办《兰友》旬刊和文学创作上。这年的 2 月，他在《兰友》第 5 期上发表了短论《说侦探小说》。在 3 月出版的《兰友》第 7 期上，又发表短篇小说《牺牲》，第 8 期上发表散文《回忆》。在 5 月里，他在《兰友》第 12 期上发表短篇小说《国破后》，13 期又发表短篇小说《跳舞场中》。在 6 月和 7 月里，继续在《兰友》发表作品，短文《文坛消息》和《描写之练习（一）》就发表于这一时期。《兰友》旬刊到1923年7月1日第17期停刊，主要原因是，18岁的戴望舒中学毕业后，和施蛰存一起进入上海大学读书，无暇编辑旬刊。随着《兰友》的停办，兰社社友雄心勃勃的另一个计划"兰社丛书"八种也随之未能出版，这八种图书，除了戴望舒的《心弦集》外，还有施蛰存的《红禅集》、张天翼的《红叶别墅》、李伊凉的剧本《芑萝村》等。

虽然文学的初心和出版事业因为学业等原因暂时处于停顿状态，但补充知识、蓄势待发也是成功道路上必然要经历的。即便如此，中学时期的文学创作，成立"兰社"的文学活动和编辑出版《兰友》的办刊实践，都为戴望舒后来的成功助了力，施蛰存曾写过一首诗，记录了他和戴望舒这一时期的友谊："湖上忽逢大小戴，襟怀磊落笔纵横。叶张墨阵堪换鹅，同缔芝兰文字盟。"即由文字结盟，成为终身好友。

3

戴望舒和施蛰存入学的上海大学，校长由大名鼎鼎的于右任担任，总务长由邓中夏担任。上海大学当时的教员还有陈望道、张太雷、恽代英、施成统、沈雁冰（茅盾）、田汉、刘大白、俞平伯、邵力子等进步开明人士，戴望舒所入的中文系，主任正是陈望道。而上述这些文化人都曾是戴望舒的任课老师。他的同学中还有丁玲、孔另境等人，并经常一起到沈雁冰家求教文学问题。

戴望舒在上海大学读了两年书，文学创作基本处于停顿状态，但是文学修养和思想却相应成熟了很多，视野也得到了开阔。1925年5月31日，上海爆发了"五卅"惨案，上海大学学生上街游行，声援工人群众，戴望舒也在学生游行队伍中。到了6月4日，上海大学被查封，戴望舒等人失学。这年秋，戴望舒入法国人办的上海震旦大学法文特别班读书，同学中有刘呐鸥（原名刘灿波），他是中国台湾台南县人，家境富裕，租住在霞飞路上的一幢楼房里，戴望舒和施蛰存常去看他，探讨文学创作，并结下了深厚的友谊。在震旦大学读书期间，戴望舒阅读了大量的法文文学作品，尤其喜欢波特莱尔、魏尔伦等象征派诗人的诗歌。施蛰存在《戴望舒译诗集》（湖南人民出版社1983年版）的序中写道："望舒在神父的课堂里读拉马丁、缪塞，在枕头底下却埋藏着魏尔伦和波特莱尔。"1926年3月，戴望舒与施蛰存、杜衡创办的《璎珞》杂志正式出刊，第一期即有戴望舒的散文《夜莺》和新诗《凝泪出门》，另有翻译的魏尔伦的诗歌《瓦上长天》。在第二期上，发表新诗《流浪人的夜歌》。在第三期上，发表新诗《可知》和魏尔伦译诗《泪珠飘落萦心曲》。1926年夏，戴望舒从震旦大学特别班毕业以后，因家庭经济无法承担学费而无力赴法。于是戴望舒就找到在大同大学读三年级的施蛰存和在五年制南洋中学毕业的杜衡商量一个计划，即施蛰存和杜衡到震旦大学法文特别班读一年书，戴望舒升入震旦大学法科一年级，一年后，三人同时赴法，这样，经济上和学业上就能互相照应了。但是，到了1927年4月，因戴望舒、施蛰存、杜衡在校期间参加进步活动，加上血腥的"四一二"事件，三人商量后，决定各自回家暂避，戴望舒和杜衡回到了杭州，施蛰存回到了松江。1927年9月6日，上海《申报》刊登《清党委员会宣布共产党名单》，内称"震旦大学有CY嫌疑者施安华、戴克崇、戴朝寀。"施安华是施蛰存的笔名，戴克崇是杜衡的本名，戴朝寀是戴望舒的本名，由于当时入学时，施蛰存注册用的是笔名，而戴望舒和杜衡用的是本名，致使戴望舒和杜衡在杭州遭遇了告密，二人便逃到松江的施蛰存家躲避，住在施家一间小厢楼上。在接下来不长的时间内，三人反而有了更多的时间从事文学交流、创作和翻译，施家的小厢楼便被戏称为"文学工场"。

1927年12月，戴望舒创作的新诗《诗三首》，发表于《莽原》第2卷第21期上，三首诗分别是《十四行》《不要这样盈盈地相看》《回了心儿吧》。

4

戴望舒的翻译、创作及编辑工作几乎是同步进行的。他的第一篇翻译作品《贪人之梦》发表于1922年10月出版的《妇女旬刊》第85期上，原作者为Oliver Goldsmith，另一篇译作《误会》也发表于该刊。此后，戴望舒便和文学翻译结下了不解之缘。如果从编辑（出版）、创作、翻译三方面来比较，无疑，他的文学翻译成就最大。1923年3月，戴望舒翻译的小说《等腰三角形》，载《兰友》旬刊第6期。5月翻译的长篇冒险小说《珊瑚岛》也连载于《兰友》旬刊。

如果说戴望舒的前期翻译还只是牛刀小试的话，住在施蛰存家小厢楼上的"文学工场"时期，算是真正的大显身手。初到施家时，"读书闲谈之外，大部分时间用于翻译外国文学"（施蛰存《最后一个老朋友——冯雪峰》），在短时间内，戴望舒就翻译了法国作家夏多布里昂的《少女之誓》《阿达拉》《勒内》。戴望舒、施蛰存、杜衡三位青年还制定了种种创作、翻译、出版计划，沉浸在笔耕及畅想的快乐中。1927年9月底，戴望舒和刘呐鸥去了一趟北京，想在北京继续谋求学业，但情形并不理想，却认识了冯至、魏金枝、沈从文、冯雪峰等青年作家，还在上海大学同学丁玲那里见到了胡也频。戴望舒于这年12月底回到上海，继续在施蛰存家小厢楼的"文学工场"里和朋友们聊文学理想并从事写作和翻译，1928年初，冯雪峰也从北京来到上海，加入"文学工场"。"文学工场"有了新鲜力量，开始有计划地从事翻译工作，戴望舒和冯雪峰选译了一部《新俄诗选》，还分头翻译了《俄罗斯短篇杰作集》（第一集、第二集），戴望舒和杜衡合译了英国19世纪的颓废诗人陶孙的诗集。在1928年9月，为了更快更多地发表他们的翻译和创作作品，刘呐鸥和戴望舒、施蛰存等人创办了《无轨列车》杂志，在刊登的广告中，明确的办刊方向是刊登"欧美日本各国现代的名著"，第一期发表的翻译作品是描写俄国革命的《大都会》，此后还陆续发表戴望舒的翻译作品，如《懒惰病》《新朋友们》《我有些小小的青花》等。但是好景不长，刊物很快就被查封。他们又办起了水沫书店。在1929和1930年短短的两年中，水沫书店除出版创作图书外，还出版了多部翻译作品集，其中就有戴望舒的《爱经》《唯物史观的文学论》等。戴望舒还在开明书店出版了翻译童话《鹅妈妈的故事》《天女玉丽》，在上海光华书局出版《屋卡珊和尼各莱特》。和徐霞村合译的西班牙作家阿左林的散文集《西万提斯的未婚妻》由上海神州国光行社出版。莎士比亚剧本《麦克倍斯》，由上海金马书店出版。除这些翻译作品集外，戴望舒还在许多杂志上发表翻译作品，如在《新文艺》上发表了高莱特的小说《紫恋》和阿左林的散文《修车人》等。一时间，戴望舒的翻译之名盖过了他的创作之名。

5

在从事大量的文学翻译时，戴望舒依然坚持文学创作，特别是在新诗方面。

1928年夏天，戴望舒的新诗创作迎来爆发，写出了一批代表作，在8月10日出版的《小说月报》第19卷第8期上发表了著名的《雨巷》，同时发表的，还有《残花的泪》《静夜》《自家伤感》《夕阳下》和 *Fragments*。特别是《雨巷》，影响甚大，在青年人中传为美谈，连著名作家叶圣陶都称赞他是"替新诗底音节开了一个新纪元"。因为在当时，五四时期涌现出来的大批诗人，对于新诗的发展抱有失望的情绪，有的甚至搁笔，包括朱自清、俞平伯等实力派诗人，有的忙于新诗格律化的试验，所以，戴望舒的《雨巷》有点"横空出世"之感，因此他也被冠以"雨巷诗人"的名号。这首诗还隐藏了诗人一段凄美而遗憾的爱情，起因要从1927年9月说起，戴望舒因逃避国民党当局的抓捕，暂时居住在松江的施蛰存家。据《施蛰存先生编年事录》（沈建中编撰）记载，施蛰存共有四个妹妹，大妹施绛年，二妹施咏沂，三妹施灿衢，四妹施企襄。戴望舒和施蛰存是最要好的朋友，吃住在施家，必定熟悉施家的所有成员，年仅22岁的戴望舒，萌生了对施家大小姐施绛年的暗恋之情。在戴望舒失学之后的1928年春夏，长达半年多的时间里，戴望舒因为写作和筹办杂志，从上海多次来到松江的施蛰存家，在曾暂住过的那间小厢楼上从事文学活动，施蛰存曾有诗记之："小阁忽成捕逃薮，蛰居浑与世相忘。笔耕墨染亦劳务，从今文学有工场。"戴望舒在数次往返中，不止一次地和施绛年邂逅于那条通往施家的古老小巷，也多次看过施绛年打着油纸伞的背影，于是，一首《雨巷》就从心中涌向笔端。《雨巷》之后，还有《我底记忆》《烦忧》《少女》等伤感的诗，无不袒露了戴望舒对施绛年的一片爱恋之情，特别是在1929年4月出版的诗集《我底记忆》（水沫书店出版），已经公开向施绛年示爱，在该诗集扉页上标有法语"A Jeann"字样，"A"是"致"的意思，"Jeann"是法国女孩的名字，读音和"绛年"相近，意为该诗集是"致绛年"的。据说，施绛年对于戴望舒的示爱一直无动于衷。苦闷中的戴望舒动了自杀的念头。但他的追求却得到施蛰存的支持。于是，在1931年的某天，戴望舒一手拿着安眠药，一手拿着求婚戒指向施绛年求婚，所幸（也许是不幸）这次求婚成功了。1931年10月1日出版的《新时代》上，有一篇《戴望舒与施蛰存之妹订婚》的文章，披露了这一信息。至此，戴望舒长达数年的追求总算有了结果。但是，追求现实主义的施绛年却给戴望舒出了一道难题，或是"缓兵之计"也未可知——她要求戴望舒赴法国留学，学成后完婚。就在戴望舒1932年10月远赴法国留学不久，施绛年已心有所属，爱上了邮政储金汇业局的同事周知礼。关于周知礼，据相关资料，他是江苏常熟人，1924年考入复旦大学商科，曾在邮政储金汇业局工作，和施绛年是同事，后又在上海北极冰箱公司工作。据1929年6月30日出版的《今代妇女》第9期发表的郑国懿和周知礼的结婚照片的说明文字显示，周知礼早就是已婚人士，照片说明曰："郑女士为复旦大学预科毕业。周君系复旦大学商业学士。此次结合，实为复旦大学男女同学第一次之成绩也。"另据 1935 年《复旦同学会会刊》消息，二人已经"儿女成群也"。也就是说，当时施绛年爱上了一个有妇之夫。所以，在戴望舒留法期间和施绛年的通信中，戴望舒已经感受到施绛年的日渐冷淡，并从施蛰存的信中知道一切。情感受到重创的戴望舒，学业也受到了影响，1935 年春，他被里昂中法大学开除。戴望舒只能于 3 月乘船回国，4 月到达上海。这次法国求学之旅，爱情没有结出果实，学业也无所成。回国不久，在苦求无果的情况下，戴望舒和施绛年解除婚约。近八年的爱情以这样让人唏嘘的方式结束了，空留《雨巷》在人间。

再说 1928 年夏，戴望舒与施蛰存、冯雪峰、杜衡等志同道合的朋友决定创办《文学工场》杂志，并且已经编好了第 1 期和第 2 期。但是在出版印行方面，却遇到了阻力，光华书局老板认为该杂志内容"太左"，不敢印行，《文学工场》就此夭折。这年的 9 月，刘呐鸥在上海的四川北路和西宝兴路口创办第一线书店，编辑印行刊物《无轨列车》，邀请戴望舒和施蛰存参加，戴望舒在该刊先后发表了《路上的小语》《夜是》《断指》《对于天的怀乡病》等新诗。1929 年 9 月，与施蛰存、刘呐鸥编辑《新文艺》文学月刊，至 1930 年 4 月出到第 8 期时被禁停刊。这一期间，戴望舒的一些新诗如《到我这里来》《祭日》《流水》《我们的小母亲》等和译诗及翻译小说都发表在《新文艺》上。1930年3月，经冯雪峰介绍，戴望舒和杜衡参加"左联"成立大会，成为"左联"第一批成员。1931年秋和施绛年订婚后，创作的新诗《村姑》《三顶礼》《二月》《我的恋人》《款步》《小病》等以《诗六首》的形式发表于《小说月报》第22卷第10号上。《北斗》杂志在同一月出版的第1卷第2期上也发表了戴望舒的新诗《昨晚》和《野宴》。1932年1月，淞沪战争爆发，施蛰存回松江中学任教，戴望舒回到杭州筹划出国事宜。到了这年的5月，施蛰存主编的文艺月刊《现代》在上海创刊，戴望舒回到上海，参与杂志的编辑，至这年10月赴法留学时止，戴望舒在《现代》杂志上发表的新诗有《过时》《印象》《前夜》《有赠》《游子谣》《夜行者》《微辞》等，多达十几首。

6

1932年10月8日，27岁的戴望舒因为要圆爱情梦而赴法求学，这是他人生的转折点，也是他创作的转折点。在法期间，除了上课，主要经历就是从事翻译工作。翻译的苏联作家伊万诺夫的长篇小说《铁甲车》由上海现代书局出版；翻译的《法兰西现代短篇集》由上海天马书店出版，该书收法国12位作家的12部短篇小说。此外，戴望舒还在1933年8月编辑出版了他的第二本新诗集《望舒草》，由杜衡作序，列入"现代创作丛书"，由上海现代书局出版，收新诗41首和《诗论零札》17条。1935年春，戴望舒从法国回国后，在上海继续从事出版、翻译和创作。抗日战争期间，上海沦陷，戴望舒举家前往香港，在香港多家报社从事编辑工作并翻译、创作文学作品。抗日战争胜利后，一度回到上海，在多所高校从事教学工作，后因遭人陷害，于1948年再次去香港。中华人民共和国成立前夕，戴望舒来到北京，先在华北军政大学第三部工作，后调入新闻总署，参加国际新闻局筹备工作，并担任法文科主任。1949年11月，因哮喘病恶化，入协和医院治疗。1950年2月28日，在两次手术后自己要求回家治疗，于当天因自注麻黄素时突发心脏病而去世，年仅45岁。

广陵书社出版的这套"走近戴望舒"文丛共分四册，《高龙芭》是翻译小说集，内收梅里美、都德、伊巴涅思等名家的中短篇小说；《要是你曾相待》是翻译诗歌，收果尔蒙、道生、洛尔迦、波特莱尔等诗人的诗歌;《夜莺》是散文集,收《夜莺》《巴黎的书摊》《都德的一个故居》《香港的旧书市》《航海日记》等散文;《雨巷》是诗集,收《雨巷》《夜坐》《生涯》《单恋者》等新诗。这些作品,基本上代表了戴望舒在翻译和创作上的主要成就。2025 年是戴望舒诞辰 120 周年,也是他逝世 75 周年。我们出版这套丛书,一方面是纪念这位在翻译和新诗创作方面有突出成就的著名作家,另一方面也是让广大读者重新认识他的翻译和创作。

2024 年 10 月 20 日于北京像素